空心人

Kong Xin Ren

哲贵／著

北京出版集团公司
北京十月文艺出版社

空心人

我为什么要写这篇小说？

首先，那场民间借贷危机深深刺痛了我，我有许多朋友卷进这场漩涡。从某种角度说，他们也是这次危机的受害者；

其次，这场危机表现出来人与人之间的不信任更是让我警惕，一个社会，如果人与人之间连最基本的信任都没有，秩序的运转能正常吗？如果人与人之间连正常的信任都已丢失，人还能称之为“人”吗？

空心人

目录 Contents

空心

1

山上的杜鹃花刚刚开放，一丛丛，一蓬蓬，把远山染红。到了近前，花瓣已收了露水，在阳光下，可以看见一层薄薄的粉。

巴特尔开着七座奔驰商务车。旁边坐着汤伯光，刘丙奇和老婆希娜坐在第二排，南雨坐后座。几个人里，汤伯光的年龄最大，今年五十岁。他们今天是去给汤伯光的老婆下葬。汤伯光看着窗外，说："今年的杜鹃花开得真艳啊！"

"操！晃得我眼睛都花了。"开车的巴特尔说。

"时间真快，一眨眼，又一年了。"汤伯光说。

"老汤，你怎么没叫儿子回来？"希娜把身子前倾，用手拉住副驾驶座的靠背。

"老汤的儿子是在美国吧？"刘丙奇跟着问。

"是的，大学三年级了。"汤伯光把头转过来，看了他们一下，"去年他妈妈过世时已经回来，这次就算了。”

巴特尔笑了一下，说：“我觉得老汤越老越迷信，去年一次性葬了就完了，选什么日子，非得寄一年，这不是葬两次吗?”

“这个你不懂。选日子是很要紧的。这是一门学问……”汤伯光说。

“咦，老汤，今天怎么没叫上你的女神鲁若娃。”巴特尔故意把话岔开，他知道汤伯光一说起风水就停不下嘴。

巴特尔把头朝后转一下，看了一眼希娜，鲁若娃和她是好朋友。汤伯光赶紧说：“你注意开车。”

巴特尔把头转回去，哈哈一笑，说：“老汤是拆迁办主任，一个电话，鲁若娃的婚姻就解体了。他哪里还敢给鲁若娃打电话。”

“这话从哪里说起?”汤伯光说。

“这事不能完全怪罪老汤。鲁若娃跟她未婚夫的关系本来就很脆弱，双方早有散伙的意思，只能说老汤那个电话打得很是时候。是个导火线。”希娜说。

“我成导火线了?”汤伯光一脸委屈。

“你晚上11点后给鲁若娃打过电话吗?”希娜问。

“只有一次。”汤伯光想了一下，“在鲁若娃的意大利酒吧里，没看见她，就打电话问她在哪里。我记得那晚下暴雨。”

“对，就是那天晚上。鲁若娃已经上床了，突然接到老汤的电话。未婚夫问她是谁打来的，鲁若娃不说。未婚夫一定要她说。她就说是一个男人。未婚夫问她跟那个男人是什么关系，鲁若娃说没什么关系。未婚夫说没什么关系这么晚了还给你打电话，鲁若娃听他这种口气，生气了，就说，打电话怎么了，他还叫我出去呢!”

汤伯光插话说：“我可没叫她出来，只是问她在不在酒吧。”

“没错。”希娜对他摆了摆手，“老汤你听我把话说完。鲁若娃这么说当然是故意气她未婚夫，故意放一个炸弹。她未婚夫果然就炸了。他对鲁若娃说，你今天晚上如果出去，我们的关系就完了。鲁若娃看了他一眼，从床上弹起来说，今天晚上我还真就要出去呢！”

“可她那晚真的没来酒吧呀！”汤伯光又叫冤了。

“哈哈，老汤紧张了。”巴特尔跺了一下脚。

希娜看了巴特尔一眼，又看了汤伯光一眼，说：“鲁若娃出来后，开车到香格里拉大酒店开了一个房间，手机一关，蒙头睡了一个晚上。”

“然后呢？”汤伯光问。

“第二天就退婚了呀！”希娜说。

“老汤你是罪人哪！”巴特尔也说。

“南雨，你给评评理，我怎么稀里糊涂成罪人了？”汤伯光转头求助。

南雨避开汤伯光的目光，笑了笑，没有回话。

“这样吧，老汤，晚上请我们去鲁若娃的意大利酒吧喝一顿，开一瓶路易十三，这样罪会轻一些。”刘丙奇说。

“这样太便宜老汤了，最少再请我们打一场高尔夫。”巴特尔高声说。

汤伯光用眼睛看看他，又看看希娜。希娜也看了汤伯光一会儿，说：“老汤，你今天对着大家说一句实话，心里是不是喜欢鲁若娃。”

“真是罪过。”汤伯光看了希娜一眼，“今天这样的日子，你不应该问这样的问题。”

“你就这点不好，总是躲躲闪闪。”希娜说。

汤伯光摸了摸下巴，笑了笑。

“晚上路易十三啊!”刘丙奇说。

“下午高尔夫啊!”巴特尔说。

“请客当然可以，但你们不能胡乱定罪。”汤伯光笑着说。

车子已经到半山腰的桃源陵园。巴特尔泊好车，大家依次下车。汤伯光到后备厢拿出一个大运动包。先到陵园管理处，报了自己的名字，说一个星期前预约的。缴了费用后，跟着一个泥水匠，一伙人来到墓前。这是个双人墓，上面刻着汤伯光和他老婆的名字。他老婆有照片。

汤伯光先从运动包里拿出香和蜡烛点上，又拿出三个果盘摆好，盛上水果和糖果，再拿出冥币烧在一个铁桶里，然后拜了三拜。

到达陵园的时间是10点，汤伯光选定给老婆下葬的时辰是午时，还有一个钟头。大家本想再开汤伯光的玩笑，可他这时很肃穆。

希娜去摘杜鹃花，刘丙奇要陪她去，她不让他陪，偏偏叫上南雨。南雨知道她还在生刘丙奇的气。昨天晚上，他们在鲁若娃的意大利酒吧给希娜过生日，大家轮流用威士忌敬她，刘丙奇要替她喝，她不让。很快就醉了，频繁地上洗手间，进去马上就出来，来回走了五趟，终于歪在沙发里睡着了。大概过了一刻钟，嗷的一声就吐了。刘丙奇见她这个样子，拉着脸，皱着眉头，冷冷地说，你看你看。希娜努力睁开眼睛，瞥了他一下，又吐。吐完后，大家要扶她回去，她根本站不住，南雨看看刘丙奇，刘丙奇一脸嫌弃的表情，他就把希娜背起来，巴特尔和汤伯光在两边扶着，还没出包厢，希娜又是嗷的一声，刚好吐在南雨肩上。刘丙奇没好气地说，你能不能忍着点，吐了南雨一身。南雨笑着说，没事的，没事的。

在去摘杜鹃花的路上，希娜对南雨说，昨晚不好意思了，真是对不起。南雨说，怎么这样说呢！希娜叹了一口气，过了一会儿说，刘丙奇要是有一半你的好就好了。南雨知道她指的是什么，笑了笑说，老刘脸冷心热，对你是真的好。

“我终于知道朋友们为什么都喜欢你，喜欢跟你在一起了。”希娜转头看了他一眼，继续说，“所有朋友里，你最善良，最会替别人着想。”

“我没你说的那么好。”南雨笑笑。

“以后你也不要太委屈自己了。该拒绝的时候就拒绝。”希娜说。

“我知道。”

一个钟头后，希娜捧着一大束火红的杜鹃花回来。下葬的程序才正式开始。

其实很简单，那个泥水匠把墓穴的大理石撬开（去年有意少用水泥），把骨灰盒放进去，重新用水泥封上。前后只用了三分钟。封好后，汤伯光拿出一个红包递给泥水匠，泥水匠接了红包，嘴里念着“恭喜发财”，下山去了。

汤伯光从运动包里拿出三串鞭炮分给巴特尔、刘丙奇和南雨。放鞭炮时，他又在那里双手合十，嘴里念念有词。

他们都见过汤伯光的老婆，她动手术时，大家去医院探望。据说是乳腺癌。汤伯光与人不同的是，老婆得乳腺癌，他却很平静。他经常说的一句话是“坏事的背后就是好事”。这是他的思维方式，也是他的人生态度。他的经历也验证了他的思维。就拿去年发生的事情来说，先是老婆去世，下半年，他公司的一个楼盘大卖，半年之间价格翻了一番。可是没过多久，他的腿却摔断了。腿摔断后，他错失了市中心一个地块的竞标机会。从现在的情况看来，这又是一件好事，因为从年底开始，由美国次贷危机引起的全球经济危机已经影响到信河街，一个明显的特征是这年农历年底，房价比上半年下降了三分之一，房子卖不动，很多已经开工的楼盘提前放假。经济危机反而给汤伯光提供了新的机会，他牵头筹备了一家小额贷款公司，春节以前上报到信河街金融办，信河街金融办上报到省里，春节刚过，省里就批了。万事俱备，只等开业。汤伯光并不急着开业，而是把开业日期选在老婆下葬后的第三天。

离开时，希娜把杜鹃花摆放在汤伯光老婆的墓碑前，拜了三拜。

2

从陵园直接开车到牛栏山高尔夫球场。球场有一个小会所，汤伯光预订了包厢。汤伯光是牛栏山高尔夫球场终身会员，球场老板是他房产公司的股东，因为这层关系，他花四十万办了会员卡。巴特尔、刘丙奇和南雨都不是会员。是不是会员，待遇不一样，他们打一场球，要花一千元，汤伯光只要三百。

汤伯光点了五个人的套餐，开了一瓶 XO。希娜没喝酒，她喝鲜榨的苹果汁。XO 是汤伯光寄存在这里的，汤伯光喜欢喝洋酒。

本来说好喝完一瓶就收手，下午还要打球。汤伯光不尽兴，又开了一瓶。巴特尔问他："你这么兴奋，是不是现在可以放手去追求鲁若娃了?"

"鲁若娃不会喜欢我的。"汤伯光说。

"老汤，年龄不是问题，这点自信你应该有。"巴特尔笑着说，"我们要永不妥协，永不言败，直到攻克所有堡垒。"

"老汤你应该向老巴学习，老婆跟他闹了五年离婚，每年上一次法庭，人家老巴就是咬牙不离，这叫咬定青山不放松的奋斗精神。"刘丙奇说。

"老巴那叫什么精神呀！无非是怕老婆分了他钢琴公司的财产罢了。"汤伯光笑了笑，看着巴特尔，"要是我，早就签字了，人家心都不在这里了，要钱就给嘛！"

“我赞同。在这一点上，老巴应该向老汤学习。”希娜对汤伯光竖了下大拇指。

“要学习也要向我们的富二代学习，向老汤学习什么呀?”巴特尔看了南雨一眼，笑着说。

“南雨当然最潇洒了，开的是玛莎拉蒂，换女朋友跟换衣服一样。”汤伯光说。

“我跟你们无冤无仇，把我扯进去干什么?”被叫成“富二代”的南雨笑着说。

“我最羡慕南雨了，女朋友常换常新，不像我，在一棵树上吊死。”

“你找死啊!”

刘丙奇刚说完，希娜一拳捶在他手臂上。刘丙奇顺势握住希娜的手，希娜挣扎了一下，刘丙奇没有松手的意思，她也就妥协了。

两瓶酒下去，每个人都有几分醉意。

“还是别下场了吧!”刘丙奇说这话时，大家已在更衣室。

“下场，一定要下场。”汤伯光第一个把球衣换好。

希娜一个人去练习场。

他们到第一洞蓝T发球台上，开始抛球配对，南雨和巴特尔一对，汤伯光和刘丙奇一对。刘丙奇先开球，最后是汤伯光。汤伯光很兴奋，第一杆开了270码，南雨是265码，刘丙奇260码，巴特尔只开了245码。四个人里，巴特尔球技最好，他今天的开球有失水准。

巴特尔一开始就不在状态，一开球就OB了。

“有心事?”南雨问。

“还不是经济危机闹的。”

“经济危机关你钢琴什么事?”

“经济不景气，原本准备买钢琴的人也不买了。”

汤伯光像打了鸡血，在第三洞，抓了一只小鸟，在十一洞，长推25码的距离，收获了一只老鹰。半场过后，汤伯光好运气用光，劣势凸显，走路一拐一拐，每挥一杆，都要喘几口气。

刘丙奇打得不紧不慢，基本保持原有水平。毕竟喝了酒，后半程挥杆也显得吃力。

一场下来，南雨和巴特尔总杆合计输了两杆。

“怎么可能输了呢?”巴特尔说。

“我一眼就看出你今天有心事，怎么可能不输?”汤伯光说。

“再来一场?”巴特尔像公鸡一样看着汤伯光。

“下山吧，希娜已经从练习场回来，天快黑了。”汤伯光说。

车开回市区，已经是7点半了。一车人杀到朝庭会所吃晚餐。朝庭会所设在闹市区，是一座老式的三层别墅，一层有一个花园，四周用五米高的围墙围起来，自成天地，闹中取静。被人承包后，做成高端会所，以粤菜为主，清蒸野生黄鱼做得尤为出色。黄鱼都是当天从南海空运过来。在信河街也只有这个地方能吃到正宗的野生黄鱼。

刚坐下来，汤伯光看了看希娜。

巴特尔咯咯笑起来：“老汤想让你打电话叫鲁若娃来一起吃饭呢?”

“鲁若娃人见人爱嘛!”希娜说，“可我还是要提醒老汤，你既然喜欢她，就要积极去追，鲁若娃可是抢手货。”

汤伯光笑了笑，低头去点菜。

希娜给鲁若娃打了电话，鲁若娃说早上跟朋友去了杭州，明天晚上才能回来。希娜故意大声说：“老汤隆重邀请你吃酒呢！要不要跟老汤说两句?”

“不用了，不用了。”汤伯光赶紧说。

“老汤说他不想跟你说。”希娜笑着说。

晚餐开了三支小拉斐红酒。吃完后，大家去鲁若娃的意大利酒吧，又喝了一瓶 XO。到了晚上 10 点半，希娜和刘丙奇先走。希娜是信河街人民医院的妇产科医生，明天早上有好几个手术。他们走后，剩下的人又开了一瓶 XO。喝到 11 点，汤伯光也走了。南雨和巴特尔离开酒吧已是次日凌晨。

3

三天后，大家去参加汤伯光小额贷款公司的开业仪式。

别人的开业时间都是定在上午 9 点 58 分，汤伯光却选择在下午 5 点 58 分。南雨和巴特尔 5 点半到他的公司。巴特尔双手作揖，对汤伯光说："恭喜恭喜，老汤你选择了一个夕阳西下的时辰。"

"你只看到事物的一面，现在确实是夕阳西下。"汤伯光拍了拍巴特尔的肩膀，"可是，你没看到的是，现在正是涨潮的时辰。"

南雨是和巴特尔一起来的。汤伯光看看南雨，笑了一下，问："你真的没兴趣参一股?"

"这钱还是让你赚好了。"去年申报公司前，汤伯光就问南雨要不要参一股，一股 200 万，汤伯光一个人占了 40 股。南雨知道，汤伯光主要是让他去问父亲。他回家提也没提。

"你再考虑考虑，明年可能会扩股，到时你也可以加进来。"汤伯光说，"有钱大家一起赚嘛。"

南雨笑了笑。

"老汤你偏心，为什么好事只想着老南，却对我封闭?"巴特尔说。

"怎么会呢！只要你不嫌弃，明年扩股时，我一定邀请你参加。"

"说得好听，你心里就是看不起我，觉得我钢琴公司赚不了钱。你是狗眼看人低。"巴特尔刚开始只是开玩笑，说着说着就认真起来。

刘丙奇走过来，他穿着西装，右胸前别着一朵红花，红花下面又别着一条红布，上面写着“贵宾”两个字。巴特尔指着他胸前，对汤伯光说：“你说你是不是势利眼，现在用得着刘丙奇，就让他戴红花，我和南雨为什么没有？”

“你这见人就咬的疯狗，怎么连我也咬？”刘丙奇笑着说，“你以为我想戴呀！你要戴的话，我摘下来给你戴好了。”说着，他伸手去摘胸前的红花。

“开个玩笑嘛！”汤伯光马上伸手制止刘丙奇。

巴特尔一动不动，看着汤伯光和刘丙奇怎么把戏演下去。

“老巴，你还不知道我是什么样的人吗？”汤伯光问道，“给刘丙奇戴红花情况特殊，他今天不是作为朋友来捧场的，而是作为信河街银行的副行长来剪彩。我的小额贷款公司挂在他们银行下面，他是我的领导。”

“我说得没错，你的眼里只有两类人，要么是有钱人，要么是领导。势利。”

巴特尔就是这个性格，汤伯光拿他一点没办法。

5点58分，仪式准时开始。上台剪彩的人一共九个。汤伯光请了分管经济的副市长，还邀请了省金融办副主任等等。刘丙奇排在末尾。

仪式结束后，大家去信河街香格里拉大酒店的瓯江厅参加庆祝酒会。汤伯光摆了十五桌。桌上放着法国奥利维尔葡萄酒。他把希娜和鲁若娃也邀请来了。

她们是一起来的。

希娜和鲁若娃年纪相仿，都是三十出头。希娜身高一米六七，瘦，白，五官长得开，嘴大，眼睛又圆又黑，剪一头短发，很精干的感觉。鲁若娃矮一些，一张干净的瓜子脸，眉毛、眼睛、鼻子、嘴巴、下巴都是细细的。虽然鲁若娃的个头比希娜矮，但两个人站在一起，鲁若娃的光彩却完全盖过希娜，鲁若娃也不用开口说话，身上自有一种让人想亲近的风流。

这天晚上，希娜穿一身紫色套裙，一件裸色披肩，脚穿黑色高跟鞋。参加这样的酒会，希娜的穿戴是得体的。鲁若娃今晚的穿戴显得过于随便，她脚穿一双黑白相间的三叶草运动鞋，蓝色直筒宽松牛仔裤，上身是一件T恤外套、一件米黄色夹克。只有南雨知道鲁若娃为什么会这样随意地打扮。

汤伯光看见鲁若娃，赶紧迎上去，本想伸手去握，突然又把手缩回去，嘴里说着欢迎欢迎，把她们领到南雨这一桌来。刘丙奇坐在领导桌，看见希娜后过来打了一个招呼，看了看鲁若娃说："咦，听说鲁老师去杭州发财了?"

"跟几个朋友去看一个楼盘。"鲁若娃说。

"有发财的机会不要忘了我啊!"

"好啊，你如果一起买，贷款就不用愁了。"

隔壁桌有人叫他，刘丙奇就过去了。

酒会马上开始。汤伯光要去陪领导，恋恋不舍地离开这一桌。酒会开始后，希娜坐在南雨左手，鲁若娃坐在右手，再过去是巴特尔。希娜凑近南雨耳边说："老汤看来是真的喜欢鲁若娃，你看他坐在那边吃酒，眼睛一直往鲁若娃身上看。"

南雨转头看去，刚好和汤伯光的目光相遇，汤伯光笑了一下，举了举手中的酒杯。南雨也举了举手中的酒杯。放下酒杯后，南雨看了看身边的鲁若娃，说："老汤一直在看你呢!"

"眼睛是他的，他要看谁我怎么管得住啊!"鲁若娃微笑地看着他说。

南雨闻到一股夜来香的味道，凉凉的，迅速钻进鼻腔，先往脑门儿冲，然后弥漫全身。他心里颤抖了一下。那是从鲁若娃身上散发出来的味道。南雨很想仔细地看看鲁若娃，可他却把酒杯端起来，对巴特尔说："老巴，我们喝一杯。"

最忙的还是汤伯光，每桌都要敬酒。他显得异常兴奋，喝酒特别爽快，每敬一桌都是一满杯葡萄酒。

酒会进行到一半时，领导退场，客人也陆续离场。刘丙奇回到这一桌，坐在希娜身边。汤伯光来敬了一杯酒，又被另一桌的人叫走。他看了鲁若娃一眼，鲁若娃故意不看他，他只好拿着酒杯去另外一桌。

等他再回来，醉态已现，走路歪歪斜斜，说话大舌头。他端着一杯酒，把刘丙奇面前的杯子也倒满，说："老刘，够兄弟，我敬你一杯。"

"我们晚上已经喝好几杯了。"刘丙奇的样子已不想喝，但汤伯光没看出来。

"不行，今天一定要喝，一定要喝醉。"

"你已经醉了。"刘丙奇冷冷地说。

"我没醉。不信我把这杯酒喝了给你看。"说着，他一仰脖子，杯子就空了。他身体晃了晃，拿起酒瓶，给自己的杯子倒酒。

刘丙奇没有说话，也没制止他。

"不能少，一点儿也不能少。"汤伯光把酒倒得溢出来为止，倒完后，他端起酒杯对刘丙奇说，"来，为兄弟干杯。"

刘丙奇坐着没动。倒是希娜站起来，说："老汤你坐下来，慢点喝。"

"不行，这杯酒一定要喝。你看我一点儿没醉，最少还可以喝两瓶。"说着，他的身体往后一晃，杯里有一半的酒洒在他胸前的西装上，里面的白衬衫变成了红衬衫。希娜赶紧拿餐布去擦。

这时，鲁若娃站了起来。

“鲁若娃，你去哪里?”汤伯光看着她，大着舌头问。

“洗手。”鲁若娃微笑着说。

“回来我敬你酒啊!”汤伯光看着她说。

“好的。”

过了一会儿，南雨的手机响了，一看，是鲁若娃打来的。他站起来，走到瓯江厅的门口。

“南雨，你出来。”鲁若娃说。

“你在哪里?”

“我在门口车里。”

南雨走到酒店门口，鲁若娃的路虎越野车已经发动起来，他坐进副驾驶座，刚关上车门，车子就蹿出去了。

4

香格里拉大酒店的右边就是信河街的母亲河——瓯江，蜿蜒八百里，从信河街淌过，汇入东海。江边修了一条大道，名叫瓯江大道。

刚开始，两个人都没说话。鲁若娃只顾开车，南雨也不想开口。

鲁若娃沿着瓯江大道往西开，开到一个突出的观景台，把车停住，车窗打开，熄了火。两个人坐在车里，面对一片江水。

岸的对面有一排若隐若现的灯光。这使夜里的瓯江看起来更辽阔。这里是江海交汇处，水流浑浊。夜色掩盖了水的颜色。风吹进车里，湿湿凉凉的，有轻微的腥味。

坐了一会儿，鲁若娃转头看着南雨，说：“你为什么总是躲着我?”

“我没有刻意躲避你。”南雨说。

“我说的是你的心。我能感觉到，总是不能接近你的内心。”

“我也不知道自己的内心是什么样的。”

“你的内心就像个刺猬。一遇到问题，马上就缩回去，把自己保护起来。”

见鲁若娃这么说，南雨笑了笑，没有辩解。他真的是不愿意跟别人交流，遇到什么事，就把手机和电话关掉，把自己关在家里，躲起来几天不出门。鲁若娃还说他从来不敢跟她四目相对，是不是有自闭症的倾向？鲁若娃是信河街社交名媛，身边总是围绕着一批信河街的富豪和权贵，汤伯光就是其中一个。她身边围绕众多成功男人，只要她开口，甚至不用开口，那些人就会把她想要的送到她面前。南雨从没把自己跟鲁若娃联系在一起的想法，所以，鲁若娃的主动让他惊讶。更让南雨感到惊讶的是接触了鲁若娃后，发现她也有很单纯的一面，她从来没向南雨要求什么，而是尽量迁就南雨，只要参加南雨出席的聚会，她都是一身休闲装打扮，不化妆，人也变得孩子气。

鲁若娃见他没说话，也停住了。一片水浪拍岸的断裂声。她突然笑了一下，眼睛看着他说：“不说这些了，说点别的吧！”

南雨赶紧把眼神移到江面上。

“你放心，也不用躲避。我们是朋友嘛！”她说，“我只想对你好一点。我比你大一岁，喜欢照顾你的感觉。”

南雨点了点头。

“把手伸过来。”她说。

南雨把手伸过去，鲁若娃接住他的手。

南雨的手机响起来，是巴特尔打来的，他说：“你去哪里了？”

“老汤怎么样了？”南雨担心老汤。

“老汤晚上很兴奋，一定要跟刘丙奇喝，刘丙奇偏偏不跟他喝。他转头找我，要跟我连喝三杯，只喝了两杯，就挂了。”

南雨听出来，巴特尔也喝高了。

他们四个人里，酒量最大的是刘丙奇，但他一般不喝，他要喝起来，谁也不是对手。最差的是巴特尔，他喝酒声势浩大，第一个站起来打“通关”肯定是他，他也就是“三板斧”的量。汤伯光的酒量比巴特尔大一些，他喜欢喝慢酒，如果跟着他的节奏走，两个巴特尔也不是对手。南雨的酒量跟汤伯光差不多，但每次都喝得比他少，对于喝酒，南雨在生理和心理上都有一个上限，这个上限时高时低，他把握的尺度以想呕吐为准，只要有这个感觉，马上“刹车”，除非自己想买醉，谁劝也没用。

“喂喂，你在听吗?”巴特尔在手机里问。

“我在听。”南雨说。

“再过来喝酒嘛!”

他看了看鲁若娃。她摇了摇头。南雨对他说：“不去了。”

“我还没喝够呢！怎么办?”

“你到鲁若娃的意大利酒吧再喝嘛!”

“我们在意大利酒吧等你，一定要来!”他说。

鲁若娃突然放开他的手，把车子发动起来，说：“我带你去一个地方!”

“什么地方?”

“到了你就知道。”

鲁若娃把车子转了个头，由瓯江路往东开，经过香格里拉大酒店，再朝南开，进入会展路，会展路开到头，就是机场大道。她由机场大道朝西开，开过新城大道，进入锦绣路，开到白鹭洲公园。过了白鹭洲公园，又朝南拐入飞霞南路。四周的灯光突然暗下来，过往的车辆也少了。大概又开了五百米，她把车子朝右一拐，停在一座小桥上，她熄了火，打开车门，南雨跟着走下去。

南雨看了看四周，黑乎乎的。朝天上看看，天空也是黑乎乎的，很厚，很低。站了一下，眼睛开始适应周边环境，才辨认出来所在的位置。朝南看去，前面应该是牛山，南雨小时候爬过。但现在前面一片漆黑，什么也看不清楚。西北方向的天空有东西不时闪烁一下，没有声音，不知道是不是闪电。但南雨已看出来，这是一个工地，桥的右边有一条机耕路，前方有房子。

鲁若娃领他走进机耕路，说："这里叫白鹭别墅，去年上半年开发的，是信河街以后最高档的住宅区。"

南雨知道开发白鹭别墅的老板，也是鲁若娃的一个追随者，听说他每开发一个新楼盘，都会留一套给鲁若娃。有的房子鲁若娃过好长一段时间才去办手续，有的转手就卖了，能赚一大笔钱。南雨不知道鲁若娃是用什么方式买下白鹭别墅的，他没问。

大概走了五分钟，鲁若娃说："到了。"

南雨看见一幢连体别墅，房子已结顶，其他还荒着。鲁若娃带他往里面走，一边解说，这里以后是围墙，这里是大门，这里是花坛，这里是游泳池，这里有两棵大榕树，这里是车库……

刚走到鲁若娃未来的车库，头顶上突然一个炸雷，鲁若娃惊叫了一声，伸手抓住南雨。接着，又是一声巨响，比刚才更响更近，头顶上似乎有东西裂开，雨已砸到他们头上，南雨拉着鲁若娃的手跑进房子。外面的雨声响成一片。

鲁若娃牵着南雨的手，借着闪电的光，从一楼走到三楼。在三楼的楼梯上坐下来。刚开始，随着一声雷响，就听见一阵密集而响亮的雨声。他们坐下不久，雷声稀疏了，雨声轻了许多，闪电也少了，天空倒是明朗起来，房子外的景物比原来清晰一些，可以看见雨水一条一条挂下来。鲁若娃靠在南雨身边，熟悉的夜来香味道钻进南雨的鼻子，弥漫全身。

南雨的手机声响了起来，是巴特尔打来的："我们都到意大利酒吧了，快来。"

鲁若娃站起来，看了看他说："走吧！"

他们走到一楼。雨还在下。鲁若娃抱着南雨的腰，南雨脱下开襟针织衫，披在两个人头上，朝鲁若娃的车子跑去。

5

那晚淋雨的后果相当严重，第二天醒来，南雨先是左边的鼻孔塞住，后是右边的鼻孔塞住，再后来两个鼻孔都不通。躺在床上，像垂死的鱼张着嘴巴。他把家里的电话线拔掉，手机调成振动。

到了中午，头开始疼，额头很重，闭上眼睛，房子旋转起来。盖上被子太热，不盖又太冷。

下午，巴特尔打了三个电话，他没接。

觉得饿，却没胃口。用紫菜、榨菜和虾皮做了一碗酸辣汤，喝下后，迷迷糊糊睡过去，又迷迷糊糊醒过来。

第二天上午 10 点，接到姐姐南风的电话，她说："两天没来公司，你去哪里了？"

"我在家里。"

"怎么了？"她停了一下。

"可能是感冒了。"

"去看医生了吗？"

"没事，躺一下就好了。"

"你要作践自己，谁也没办法。"她说完就把电话挂了。

大约过了 45 分钟，南风按响了他家的门铃。

南风比他大四岁，七年前结婚，姐夫也是做企业的，但她一直在帮父亲。除了进货这一块业务，公司大大小小的事情都是她在处理，父亲出差，公司的事就由她做主。这是父亲的决定。父亲当着他们的面说，在我眼里，你们都是一样的，谁有能力，以后就让谁接班。从目前的情况看，南风比他有能力。她会把父亲交代的每一件事落实好，让父亲满意。而他从来不会听从父亲的安排，两天不去公司是常事。南风总是私下劝他，让他多花心思在公司里，不要动不动就不来上班。他嘴里答应，依然三天两头不去公司。

南风给他量了体温，39.5℃。她看着他说："你怎么这么不珍惜自己的身体?"

"烧死了倒好，你成了公司名正言顺的接班人。"他故意笑着说。

"你起来吧！我送你去医院。"她的眼眶红起来。

"我不去。"南雨懂事以后，就拒绝去医院看医生。

"我总觉得你在跟什么人对抗。"

"没有。如果有的话，也只是在跟自己对抗。"

"为什么要跟自己对抗呢?"

"也不是对抗。我只是想选择自己的生活方式。"南雨想了想说。

"你想要什么样的生活方式呢?"

"我也不知道。"

"真不懂你脑子里想些什么，你为什么不能听我一句，振作起来，好好找一个女孩子结婚，好好在公司里做事呢?"

南雨把眼睛闭上，不说话了。

南风出去了一趟。过了半个钟头，带回一袋苹果和梨，还有一袋感冒药。南风知道她这个弟弟吃苹果从来不削皮，就把苹果洗干净，又削了一个梨，切成一块块，摆在小盘子里，盘子里放一把小叉子。她把盘子放在床头柜上，又去烧了一壶开水，倒了一杯放在床头柜上，把感冒药也放好，坐在床边。停了一会儿，她说："如果你还认我这个姐姐，我就多说几句话行不行?"

"行啊!"

"你知道，父亲嘴上不说，心里对你最在意。他这么辛苦把企业做成行业老大，最后为了谁呢？还不是你。你应该理解他，帮助他。"她说。

"我现在不想听这样的话。"

"我平时没机会跟你说这样的话，你从来不给我说话的机会，一说你就跑得不见踪影。"说到这里，南风得意地笑了一下，"只有这次，你病了躺在床上，想跑也跑不掉，我说什么你都得听。"

说完，南风用小叉子叉了一块梨递给他。他没接。南风继续说："你不知道你的行为给父亲造成了多大的压力。你想想，在父亲的企业里，连你都不帮助他，还有谁帮助他呢？你是他的亲儿子啊！你想公司里的员工会怎么想？他们会真心帮父亲吗?"

"我不是在做采购吗?"

"你做采购是对的。"南风轻声地肯定他，"但是，你为什么不结婚呢?"

"这跟帮不帮有什么关系呢?"

"当然有关系了，父亲想你早点结婚，想让你早点安定下来，早一点有后代可以延续我们的企业。可是，大家都说你不结婚是故意做给父亲看的。"

见她这么说，南雨就不说话了。

"我的弟弟长大了。"南风摇了摇头，喃喃地说，"我这个做姐姐的完全猜不透你脑子里在想什么。”

南风走后，他又躺了两个钟头。起床后，把她买来的药扔进垃圾桶。不要说感冒，就是牙痛他也不吃药。

傍晚，巴特尔又给他打了三个电话，他没接。巴特尔发来短信，问他“还活着吗”。过了半个钟头，他回了两个字“没死”。巴特尔马上又打电话，他还是没接，巴特尔又发来短信“下周去千岛湖打球”。他回了一个字“好”。

晚上，南风打来电话，问他药吃了吗？他说吃了。问他退烧了吗？他说退了。南风说她再过来一趟，他叫她别来，自己马上要出门了。

他没出门。一直在家里待了五天。第四天，鲁若娃打来一个电话，在感冒期间，他最想见的人就是鲁若娃，但没接。

6

去千岛湖是参加奔驰邀请赛。一共十支队，每队四人。巴特尔、刘丙奇、南雨及一个牛栏山高尔夫球场的球友。巴特尔开着他的奔驰商务车，自任队长。

原本叫了汤伯光。汤伯光说他的小额贷款公司要开董事会，走不开。这只是一个原因。更重要的原因是，他请风水先生看过皇历，说他最近不宜出门，出门会有血光之灾，如果不出门，将会人财两得。汤伯光当然不出门。巴特尔骂他“老封建”，他笑笑。

他们提前两天到达千岛湖球场。巴特尔联系了以前在千岛湖打球认识的朋友，预订了球场练球。

每一个高尔夫球场都不一样。首先，是难度系数不一样，牛栏山高尔夫球场的难度系数小些，千岛湖球场的难度系数大，特别是果岭速度快；第二，球场的长度也不一样，牛栏山高尔夫球场长度是 6 千米，千岛湖球场长度是7千米；第三，球道的设计也不一样，包括白砖和红砖的设置，全世界没有一个高尔夫球场是一模一样的。熟悉场地是一门必修功课。

巴特尔的朋友是千岛湖球场的股东，以前是游泳运动员，拿过全国城市运动会铜牌，他还投资开办了一家千岛湖潜水俱乐部。千岛湖是人工湖，1959年为了建新安江水电站，拦坝蓄水，水底淹了两座古城，一座是始建于公元208年的淳安古城（古称贺城），另一座是始建于公元621年的遂安古城（古称狮城），水底据说有明清时期的城隍庙、古塔、牌坊、书院等古建筑。

他们中午到达千岛湖，住进组委会安排的酒店。在酒店里吃了简单的午餐，下午去球场练习。

下午是南雨和刘丙奇一组，巴特尔和另外那个球友一组。大家状态都很好，特别是巴特尔，抓到三只小鸟、一只老鹰。刘丙奇抓到两只小鸟。南雨抓到一只。跟巴特尔一组的球友也抓到两只小鸟。巴特尔说，保持这样的状态，如果后天打出一杆进洞，可以把这辆奔驰轿车开回去。

晚上吃的是千岛湖里刚刚捕上来的包头鱼，重三十斤，做法是一鱼五吃——鱼头剁椒和浓汤各一份，还有鱼肉红烧、鱼骨油炸、鱼鳔勾汤。

席间，南雨很少开口，酒也喝得少。

喝完酒后，步行回酒店。路边两排广玉兰，有二层楼高。走在树下，如浸泡在一汪异香里，一股股香味钻进鼻孔，先往头顶冲，接着便化开来，感觉身上每一个毛孔都张开来。那股香味极像夜来香。

回到酒店，南雨冲完澡，躺在床上，回味刚才的香味，很快就睡着了。

第二天天微亮就起来，到球场吃完早餐，马上下场。今天是巴特尔和刘丙奇一组，南雨和那个球友一组。四个钟头下来。巴特尔的状态依然很好，他是 71 杆，刘丙奇是 75 杆。南雨他们这组是 151 杆。然后，练习了一段时间开球。接近中午，来了很多练球的球队，都是来参加明天的比赛。下午的球肯定是练不成了。

在球场里吃了自助餐后，巴特尔决定带大家去潜水。先开车到湖边，再坐邮轮出去，到了下水地点，每人配一位潜水教练。

南雨穿上潜水衣，穿上脚蹼，背上氧气瓶，戴上潜水手套，最后戴上面罩和呼吸器，走到甲板边缘，看着碧绿的湖水，心脏突然激烈地跳动起来，生出一阵恐慌。特别是当双脚离开甲板，身体坠入水面的那一瞬间，如被一只张开大嘴的巨兽一口吞没，有一种窒息的感觉。手脚不由自主地摆动，想往上挣扎。

南雨很快安定下来。随着身体不断下潜，最初的惊慌已消失，呼吸也已顺畅，能清楚地听见自己的呼吸声。最主要的是眼睛适应了水下世界。他放缓了下降的速度，动作尽量放慢放轻，注意观察周围的环境。

湖水清澈，一眼看去，几乎透明。好几条千岛湖的包头鱼就在前头，他的到来大概惊动了它们，它们紧急甩动尾巴，朝前方游去，他能够清晰地看见它们身上的鳞片，它们的身体一摆动，鳞片便发出一道道亮光。

再往下潜，似乎进入一个虚无的世界，放眼望去，一片空空荡荡。南雨看看周围，其他人不知到哪里去了，心头掠过一丝惊恐，四周太过空旷，反而担心自己处在一个孤立的明处，暗处有一个不知名的怪兽正在打探，伺机袭击。

随着身体不断下沉，环境也越来越暗。南雨听见呼吸声越来越沉重，就在耳边。身体感受到来自无形的压力，全身发紧，不敢随便调整呼吸，担心一不留神，压力就会把身体压扁。两个太阳穴发出“嘭嘭”的声音，额头越来越重。

不知下潜到多少米，身体越来越冰，渐渐有了麻木的感觉，这种麻木是个渐进的过程，先从身体的皮肤开始，接着是肌肉，再是骨头。这时，前方出现了一座古塔，他游去，来到塔底，整个人轻轻地趴在塔座上。听见脑子里噗地响了一声，同时，身体里似有一盏灯被关上，也就在这一刻，整个世界安静了下来，安静得忘记了自己的存在，却又觉得身体轻如青烟，随风散去。世界上的一切都消失了。包括他自己。

他趴在塔座上，一动不动，他想他愿意一直这么趴下去，让身体融化在湖底。南雨一直缺少安全感，一个人在家里，总是担心敲门声突然响起。他不愿意跟人对视，目的不在拒绝别人，而是担心一旦跟人对视，就会被对方感染，进入对方的世界，最后不知不觉被对方伤害。刚才趴在塔座的一刹那，他突然产生了一种从未有过的安全感，觉得这里才是他的家，在这里，再也不会有人来打搅，更不会受到伤害。他慢慢地闭上了眼睛。

教练不知什么时候来到南雨身边，一把抓起他的身体。他不想动，但在水里，根本不是对手，被教练用手托着，极快地浮出水面。

上来之后，南雨看着湖面发呆。

晚上，巴特尔的朋友在千岛湖国际公馆请酒，喝了十瓶马爹利。

回到酒店已是凌晨 1 点，南雨倒头就睡。天不亮起来，赶到球场，其他参赛的球队都到齐了。巴特尔在比赛的过程中吐了三口黄水。这样的状态，怎么可能打出好成绩?

下午成绩出来，排第六名。

巴特尔他们当天就回了信河街。南雨多待了三天，每天去潜水。

7

天气正在慢慢转热，每年这个季节，南雨都有一种毁灭感，每一天都觉得是最后一天。唯一做的事就是跟巴特尔他们喝酒，睡到第二天下午才起来，晚上接着喝。这段时间里，没见到鲁若娃。南雨觉得没见到挺好，见到又怎么样呢？鲁若娃也没再打电话。南雨跟巴特尔他们去过两次意大利酒吧，也没见到她。

那个周末是阴天，他们几人相约打了一场球。晚上，在朝庭会所喝酒。四个人喝完两瓶XO时，巴特尔说起一件事，他的一个朋友是车行老板，为了办汽车展，从上海请来三个车模，每人出场费一万元。昨天晚上，车行老板叫巴特尔去香格里拉大酒店的总统套房喝酒，三个车模也在，酒到一半，车行老板拿出三只麻雀，放飞在房间里，让三个车模脱了衣服去抓麻雀，抓到一只奖三万元。巴特尔说完后，大家都没吭声。过了一会儿，刘丙奇的手机响了，是希娜打来的，刘丙奇二话没说，回去了。

刘丙奇刚刚出门，汤伯光接了一个电话后，也要走。巴特尔正在兴头上，要他说出那朋友是谁，汤伯光故意笑着不说。

“你不讲是吧？我可以猜出来的。”巴特尔说，“是你心目中的女神——鲁若娃，我没猜错吧？”

“没错。”汤伯光笑了起来，“鲁若娃说找我有点事。我向你们请个假行不行？”

说完后，汤伯光看着他们。

“老汤你去吧！”南雨说。

汤伯光走后，巴特尔问南雨：“我真搞不懂，你跟鲁若娃到底是什么关系？”

“没什么关系啊！”南雨摊了摊手。

“你骗谁？连老汤都看出来了，他偷偷问我，你跟鲁若娃到底是什么关系。”巴特尔喝了一口水，接着说，“可是，我搞不明白的是，你们两个要么好好地在一起，要么就别不明不白缠着，再怎么说大家都还是朋友嘛！”

“你说我跟鲁若娃是什么关系？”南雨笑起来。

“具体我也说不出来，反正你们关系复杂。”

“我觉得是你想复杂了。”

“关我什么事？想得复杂的是老汤，他一直喜欢鲁若娃。”巴特尔看了南雨一下，认真地说，“我怎么觉得最复杂的是你呢？”

“我怎么复杂了？”

“好，既然你说不复杂，那我们马上去意大利酒吧。”巴特尔看着他，挑衅地说，“你敢不敢？”

“我有什么不敢的？”

结了账后，他们去了意大利酒吧。一进门，巴特尔就问鲁若娃在不在，服务员说她晚上没来。南雨看着巴特尔，笑了一下，说：“现在知道谁复杂了吧？”

“操！”巴特尔说。

他们找了一个小包厢，又开了一瓶XO。巴特尔很快就把话题转到他最近正在筹办的五百架钢琴大联奏上。

“五百架钢琴哪！老南！什么叫五百架，那场面得有多壮观啊！”他张开双臂说，“世界上还从来没人做过这样的事，我巴特尔就要把它做成了！老南，你一定要来啊！”

“我去又不能帮上什么忙。”

“怎么能这样说呢？你来就是对我最大的帮忙。”巴特尔声音大起来，“现在经济不景气，连累了钢琴销售，我要把人气打起来。你如果不来，别人也不来，还有什么人气呢？”

“单凭人气有什么用呢？最后还不是要看钢琴销售量。”

“这点还用你说。”巴特尔得意地笑起来，“我选拔的五百个参加联奏的学生中，都是家里还没购买钢琴的，通过这次联奏的演出，他们肯定会到我公司购买钢琴，我的钢琴销售量不就上去了吗？”

巴特尔表面粗枝大叶，说话也是天上地下，但他做生意从不吃亏。他是信河街最早开钢琴公司的人。他从卖文具起步，后来走私钢琴，从海上偷运回信河街。有次遇到台风，连人带钢琴翻进海里，他在海里漂了六个钟头，才爬上陆地，差点死了。他老婆要离婚，他宁愿每年跟她打一场官司，每次都笑着对法官说，法官大人，我们的感情好着呢！不离。

南雨从没问过钢琴公司的事，但巴特尔这次五百架钢琴大联奏的活动他觉得应该去。汤伯光小额贷款公司的开业典礼都去了，巴特尔的活动当然要去。

这天晚上巴特尔又喝高了，是南雨送他回家的。

活动是在一周后的星期日下午 3 点，地点在松台广场。那天阳光很足，还好有风。南雨特意提早半个钟头到。去的路上，看见市区主干道上插满五百架钢琴大联奏的彩旗，几个大的 LED 上也在播放这次活动的宣传片。到了广场一看，好家伙，广场堆满了人，四周站着维持秩序的警察。

南雨拿着巴特尔给的邀请函，从贵宾通道进入。

广场中央围出一块空地，五百架钢琴按照横 20 竖 25 的阵形排开，像一个大大的围棋棋盘。参加联奏的五百个演员中基本是小学生和中学生，他们已进场，每个人胸前别着一个编号，正由他们父母领着，寻找钢琴上对应的编号。广场里有引导员，父母们似乎更相信自己的能力。广场上起码来了二十拨电视台的记者，有电视吉尼斯，有中央台、省台，也有市台，边上停了一排直播车。所有的记者都在寻找最佳的采访对象和拍摄角度，他们跑得比那些父母更盲目。场面混乱。广场西边搭了一个两米高的指挥台，巴特尔和两个穿着电视吉尼斯马甲的人正在台上，巴特尔手里拿着扩音器，他的嗓子有点沙哑。南雨远远跟他打了一个招呼，他的眼睛朝这边看了看，不知道有没有看见。

南雨看见了鲁若娃。

“我带学生来参加大联奏呢！”她指了指身后一队学生。

哦！南雨差点忘记鲁若娃是信河街艺校的钢琴老师，她教出的学生很多考上了中央音乐学院和上海音乐学院。她比那些父母洒脱一些，把学生交给引导员，告诉他们，不要紧张，等一会儿听指挥的号令就行，跟早两天的彩排一样。她看着学生一个个进场，坐在相应的钢琴前。她见所有学生都找到了座位，转头问南雨：“你一个人来的？”

“是的，我听不懂钢琴，过来凑个热闹。”

“你可从来不是一个凑热闹的人。”她笑了笑说。

南雨也笑了笑。

广场里又响起来巴特尔的声音，他的声音通过扩音器显得更加沙哑，他让各个部门就位，做联奏前的检查工作。十分钟后大联奏正式举行。

汤伯光和刘丙奇同时出现。汤伯光看见鲁若娃，眼睛闪亮起来。鲁若娃看见她学校的一个同事，跟汤伯光和刘丙奇打了一个招呼就走了过去。汤伯光的眼神一直跟着她。

指挥台上换成另一个人，他宣布大联奏三分钟后开始，各部门进入临战准备。

巴特尔走来，朝他们作了一揖，兴奋地说："晚上在华侨饭店瓯江厅喝庆功酒!"

他们用力地点了点头。

很快，指挥台上的人宣布大联奏进入一分钟倒计时。广场上静了下来。举目望去，五百架黑色的钢琴前坐着五百个穿着黑色西服的琴童。在他们的最前头站着一个指挥，是个秃顶老头儿，也是一身黑色西服，脚穿黑色皮鞋。

接着听见一声令下，只见那秃顶指挥右手的指挥棒一挥，五百架钢琴同时轰的一声，让人脑子一震。

8

真正的钢琴大联奏只有三个节目，第一个是《黄河》的一个乐章，第二个是《茉莉花》，第三个是信河街民歌《叮叮当》。中间穿插了舞蹈和独奏。活动结束后，汤伯光说："时间还早，叫上鲁若娃，我们找个地方坐一坐。"

"我单位还有点事，要回去处理一下。"刘丙奇说。

"老南你呢？不会也要回公司处理事情吧?"汤伯光看着他说。

"我不回公司，可我已经跟别人约好，现在要赶去见面。"南雨笑着说。

南雨看了看广场，巴特尔正忙着指挥工作人员搬运钢琴，没有看到鲁若娃。他对汤伯光和刘丙奇挥挥手，说："我先走了，晚上见。"

离开广场，南雨回了一趟家。刚才身上出了汗，需要冲个澡，换一件短袖衬衣。下午 5 点半，南风打电话来，问他在哪里。他说在家里。她说约好对方了，7 点整，在学院路的 BOBO 咖啡馆见面，她预订了二楼一个贵宾包厢，让他务必在 7 点以前到达。

南雨7点5分到达，南风已经在那里了。南风对他的迟到相当不满，拉着脸说："说好7点以前到，为什么又迟到了？"

"对方不是还没到嘛！"南雨看了看包厢说。

"这不是对方到没到的问题。"南风脸色一点没缓和下来，看着南雨的眼睛，"你的问题就是对什么事都不上心，都无所谓。你什么时候能改改这个脾气？"

"你们就当没我这个人就是了，我做什么就当没看见，说什么就当没听见。"南雨在南风身边坐下来。

"这怎么可能？谁叫你生在我们这样的家庭？谁叫你是父亲的儿子？是我的弟弟？"

"生在哪里由不得我啊！"

"过什么样的生活也由不得你。该是你做的事情，你就要负担起来。"南风的眼神柔和下来，看着南雨，"你不能总在躲避。你可以躲一次两次，甚至躲五年十年，但不能躲一辈子。"

"所以，你们总想挽救我，不断给我介绍相亲对象。"

"今天晚上这个跟以前绝对不同，是我一个同学的妹妹，叫吴一帆，是从英国留学回来的。"南风的脸色在咖啡馆灯光的荡漾下涂上了橘黄色的光，"父亲已见过她，非常满意，吴一帆不仅长得漂亮，脾气又好，在英国学的专业是家政礼仪，非常懂礼貌，又懂得体贴人。"

南雨对他们这种做法已习惯，只是笑笑。

7点10分，吴一帆来了。她进门的第一句话就说："对不起，我来晚了，路上塞车，到了这里又找不到停车位。"

"没关系，我们也是刚到。"南风站起来，请她入座，然后，指了指他，介绍说，"这位就是我的弟弟南雨。"

"你好！"吴一帆看了南雨一眼，对他点点头，嘴角微微一抿，"你们姐弟的名字起得真好，风调雨顺。”

她剪一头短发，很干净的打扮，没戴首饰，穿一件绿色的短袖连衣裙，皮肤白而细腻。坐下来后，南雨发现，她脸上也干净，看不出明显的化妆，眼睛不大，含着笑意看人，嘴角俏皮地翘起。

南风按铃叫来服务员，让她点吃的。她让南风点。南风问她喝什么？她说要一杯开水就行。南风让南雨点，他刚想开口，手机叫起来，是巴特尔打来的：“你怎么还不来？”

“我马上就来。”他匆匆挂了电话，转头对吴一帆和南风说，“不好意思，朋友家里起火，我马上要赶过去。”

南风看出他的小把戏，气得脸色都青了，又不好开口。吴一帆笑着说：“救火要紧，你快去吧！”

南雨说了声谢谢，站起来正要走，吴一帆把他叫住：“南雨，你把手机给我一下。”

他不知她要干什么，只好把手机递过去。她用南雨的手机打她的手机，存了号码，把手机还给他说：“路上小心。”

南雨点了点头，眼睛不再看南风，大步离开 BOBO 咖啡馆。

路上一直接到巴特尔和刘丙奇的电话，让他快点赶去。他到达华侨饭店四楼瓯江厅时，已是晚上 8 点。

在门外，听见巴特尔沙哑的声音，他的声音很高，大着舌头，正在骂汤伯光呢！说他是个虚伪的老封建。

南雨进门，看见鲁若娃和希娜也在。

鲁若娃身边有个空位置，南雨坐下后，看见巴特尔的眼睛都红了，巴特尔说：“兄弟，你终于来了，你来作证，我是不是喝醉了？”

“你怎么可能喝醉呢？你是巴特尔啊！千杯不醉。”

“还是兄弟你了解我啊！”巴特尔伸出手来，在桌子中央握着他的手，然后，指着汤伯光说，“可这个老封建却说我喝醉了。他这是嫉妒我。”

“我没嫉妒你，我嫉妒你干什么呢?”汤伯光也喝得不少，舌头大了，一边说一边拿眼睛瞄鲁若娃。

“你就是嫉妒了，你嫉妒我把活动办得这么大，做出这么大的影响。你就做不出来。”巴特尔不依不饶地说。

“你做出这么大的影响又能怎么样呢?”汤伯光又看了鲁若娃一眼。

“喏，老狐狸的尾巴终于露出来了吧!”

“我如果是老狐狸，你就是小狐狸，你就是小心眼，一点点事都怀恨在心。”汤伯光晚上的情绪比平时激动，换了一个人似的。

“你说清楚，我怎么小心眼了?”

“你觉得我开小额贷款公司没让你参股，觉得我看不起你。”

“操！我要你看得起？你以为你是谁啊？我才没有把你那破公司放在眼里呢！你也不看看你那一脸的蠢相。”

“还不知谁一脸蠢相呢?”汤伯光突然站了起来。

“就是你。”巴特尔也站了起来。

鲁若娃把头转过来看着南雨，朝他这边靠了靠，小声说：“我们走吧!”

“我刚来呢！再坐一下，好不好?”

“今天你倒要给我说说清楚，我怎么一脸蠢相了。”汤伯光高声说。南雨注意到，他刚才跟鲁若娃耳语时，汤伯光的眼睛一直关注这边。

“说你蠢相已经给面子了，我还想揍你呢!”巴特尔声音也高起来。

“你揍揍看。”汤伯光梗着脖子说。

“老子就揍你。”巴特尔一拳朝汤伯光脸上揍去。

汤伯光也不甘示弱，举起拳头朝巴特尔脸上砸。

刘丙奇拉住巴特尔，希娜拉住汤伯光。刘丙奇说：“晚上到此为止，我们都撤吧！”

“就这样散了？”巴特尔的酒突然又醒了。

“你这段时间太累了，早点回家休息吧！”刘丙奇说。

“老南，你也走？”巴特尔想挽留他。

“我还有事。”南雨有点不忍，可鲁若娃碰了碰他的手臂，“你也累了，我们明天再喝吧！”

跟鲁若娃坐上出租车后，南雨以为是去意大利酒吧，没想到她让司机开到幸福花园。南雨知道她在幸福花园有一套房子，主要是教钢琴用的。

鲁若娃一路上都没说话，进了门，她开了灯和中央空调。南雨看见一个大厅，有两排钢琴，边上还有几个小间，里面也有钢琴。他还没有反应过来，鲁若娃已转身搂住他的脖子，把嘴唇伸上来。

“你晚上去了哪里？”她问。

“我去相亲了。”

“怪不得我心里一跳一跳的。”鲁若娃让他的手捂着她的胸口，“对方怎么样？”

“还行。”

“你准备跟她交往？”

“你说我会跟她交往吗？”南雨笑了笑，捧起她的脸。

“你这个人说不清楚的。”

鲁若娃把他带进卧室，夜来香的味道从南雨心里溢出来。躺在床上，南雨听见她手机的铃声，说：“你的电话。”

“别管它。”

她抱着他的脑袋，看着他。

“我们不能做这种事的，我觉得不能。”南雨看着她说。

“我喜欢抱着你的感觉。”

“你觉得这样行吗？”

“很好。”

9

经济危机还是影响到父亲的鞋材公司。他把南雨和南风叫到办公室，说明目前碰到的情况主要是两个问题：一个是客户流失；另一个是货款回笼难。

这原本跟南雨没关系，他只负责原材料采购。可父亲听说同行的老总都亲自出马拜访客户，希望留住客户，同时加紧货款回笼。他也把客户分成三组，最重要的一组他“御驾亲征”，第二组让南风去，南雨带着销售部经理跑第三组。

分到南雨名下的客户虽然无关大局，却小而多。他们把时间排得满满的。

拜访客户的第三天晚上，南风打电话给南雨：“这两天有联系吴一帆吗？她对你的印象挺好。”

“你怎么知道她对我印象挺好？”

“错过这次机会，再也找不到像吴一帆这么理想的人了。”南风郑重地说，“马上给她打电话，抽空约出来坐一坐。”

接完电话，南雨就把这事忘了。过了两天，南风又给他打电话：“你给吴一帆打电话了没？”

“你看我每天忙着拜访客户，回来倒头就睡，哪里还有心思去约会？”

“你这是找借口。”停了一下，南风又说，“要不要我找父亲说一下，专门让你休息一天去跟吴一帆约会?”

“那倒不用。”

过了三天，南风又打电话，他干脆不接。

两个星期后的一天晚上，南雨从台州拜访客户回来，坐了一天的车，中午还被拉去喝酒，人很疲惫。冲完澡后，依然精神不振。心里正在犹豫，是出去好呢，还是待在家里好？巴特尔打了好几个电话，找他喝酒，他一次也没去，应该给他回一个电话，可是，担心喝酒后明天没精神。正在这时，接到吴一帆的电话。南雨有点意外，更让他意外的是，接通电话后，她第一句话就是：“南雨，我在你家楼下，你下来。”

“什么事？能在电话里聊吗?”

“不能。”她很干脆地说。

见她这么说，南雨不好再拒绝。走到楼下，见吴一帆开着一辆最新款的奥迪跑车，车身黑白相间，很耀眼。她看见南雨，从车窗里伸出手，挥了挥：“上车。”

上车后，南雨问她去哪里。她说你跟我走就是了。到了一看，原来是香格里拉大酒店一楼的酒吧，有一支英国乐队在表演，南雨搞不清楚这个英国回来的人，觉得她在设圈套。

“你想喝什么酒?”她问。

南雨瞥了她一眼。

“你别这样看我。”

她按铃，让服务员拿一支小拉斐，再拿一个冰桶，把开了的红酒放在冰桶里冰镇，又点了一份海鲜套餐。

“你在英国都喝这种红酒?”南雨问。

“在英国喝苦啤酒更有范儿。”吴一帆笑着说。

“我先敬你一杯。”她把酒杯举起来，跟南雨的酒杯碰一下，一仰脖子，杯子就空了。

她连敬三杯。

南雨一直在想吴一帆约他出来的目的。看她的架势，绝对不像正经谈恋爱。哪有第一次约会就主动提出喝酒的？这倒让他宽心不少。他也不打算开口问，是她主动约的嘛！有什么目的，她自然会说出来。

海鲜套餐端上来后，有北极冰虾和生蚝，都是南雨喜欢的美食。吴一帆每吃一口海鲜，会轻轻喝一小口红酒。见南雨小心的样子，笑着举起杯子说："你也喝啊！"

吴一帆自称酒量挺好，看来没有夸张。很快，一支红酒就喝光了。她眼睛闪闪发亮。她让服务员又拿了一支小拉斐。

这一支下去后，她开始有感觉了。眼睛越发地亮，脸颊绯红，说话时舌头也大了。

开第三支小拉斐时，她的状态完全放开了。刚开始只是一小杯，现在是一大杯。改口叫南雨"兄弟"，看他的眼神也变得更大胆和直接。但南雨感觉出来，她的意识还是很清楚，说明她是真有酒量的人。

"兄弟，你觉得我怎么样？"她右手支在桌上，把脑袋支在手上。

"觉得你跟别的女人有点不同。"

"怎么不同？是不是你喜欢的类型？"

"谈不上喜欢或者不喜欢，觉得蛮特别的。"南雨不知道她这么问的意思，但还是把真实的感受表达出来。

"有没有一点点喜欢？"

"没有。"

她脸上略微有点失望。沉默了一下，马上又笑起来，说："那我就放心了，这就是我晚上约你出来的目的。"吴一帆把身体坐正，看着他说。

南雨坐着没动。

“我已经有朋友了，是个女的。”吴一帆说。

南雨愣了一下，但很快就释然。也明白吴一帆晚上约他的理由，更明白她晚上的表现。南雨突然又怀疑起来，吴一帆没必要告诉他这个事。他们只是相过一次亲，吴一帆只需跟家里人说对他没感觉就行。正这么想时，吴一帆又开口了：“你为什么一直不找女朋友？”

“我不是在找吗？跟你相亲难道不算？”

“当然不算，我一眼就看出来你没诚心，还编出一个救火的理由跑掉。”她抿嘴笑起来。

“我没认真思考过理由。”南雨想了想，接着说，“可能跟我的家庭有一点关系，他们把什么事都安排好了，我什么也不用想，什么事也不用做，一切按照设定的程序来就行。既然这样，有我没我有什么差别？我做不做有什么差别？”

“既然这样，你当我的假男朋友，我当你的假女朋友，怎么样？我们就可以把家里人应付过去。”

“好啊！”南雨觉得这是一个好办法，也猛地明白过来，这可能才是吴一帆晚上约他出来的真正目的。

“就这么说定了，对家里就说我们在交往。”

南雨看了看时间，已是夜里12点，明天还要去拜访客户。他要买单，吴一帆挥挥手说：“这次我来。”

出门时，吴一帆像兄弟一样搂着他的肩。

南雨叫了代驾，先把她送回去，吴一帆一直说自己没问题，南雨也知道她没问题，但还是先送她回家，再打车回家。

10

拜访完所有企业，前后花了一个半月。这段时间里，南雨几乎没有碰到巴特尔、汤伯光和刘丙奇。

南雨跟巴特尔通话多一些，知道他的钢琴大联奏活动做得很成功，一个多月里，卖出三百多台钢琴。他便在暑假推出钢琴培训班，来报名的学生很多，要通过考试才能录取。他乘势而上，准备在新城区开一家分公司。

刘丙奇的银行出了一点事，因为经济危机，国家提高了准备金率，各家银行收紧了放贷口子，一些企业的投资短期收不回来，还不了贷，只好宣告破产。有的干脆卷走资金，躲到国外去。更有绝望的人，直接跳了楼。

受影响最大的是汤伯光，他受到双重打击：一是房地产价格下降了三分之一，房地产市场的规律是买涨不买跌，价格降下来后，反而没人来买房；二是他的小额贷款公司出现坏账，有两家做眼镜生意的企业宣告破产，进入法律程序，他们从汤伯光这里贷去的钱，基本上全军覆灭。南雨给汤伯光打过电话，从电话里听出来，汤伯光心态挺好，他说“老南啊，祸福两隔壁，只要坚持走下去，肯定又有一片新天地。”

这段时间，南雨给鲁若娃打过三个电话。第一个电话是那晚过后的第三天，也就是他开始拜访客户的第二天。到了夜里，他突然想给鲁若娃打一个电话，没别的意思，只是觉得应该给她打一个电话，问她在做什么事，听听她的声音。可她没接。他没放在心上。第二个电话是一个星期后，她还是没接，次日也没回。这种情况以前没出现过，她有时没接，但会很快拨回来。这次的反常行为让他心里微微不安，她是不是遇到什么事了？南雨知道她投资了好多处房产，是不是受到影响？第三个电话是又一个星期后，南雨想再试一次，她还是没接，也没回。心里也就渐渐放下了，可仿佛空出一个洞，身上的力气被抽进那个空洞，消解得无影无踪，却又不知用什么东西来填充。

南雨跟巴特尔他们通电话时，绝口不提鲁若娃，他们也没提。她似乎消失了。

在他拜访客户结束后的第二个星期六，巴特尔设在新城的钢琴分公司开业。开业时间是早上 10 点 18 分，南雨去了一趟，送了一个花篮和一个红包，也碰到了刘丙奇和汤伯光。汤伯光忙着帮巴特尔接待客人，满脸笑意，一点看不出他跟巴特尔打过架，更看不出他的企业正受到重创。汤伯光看见他，连忙跑过来，搂着他的肩膀左看右看，说："瘦了，瘦了。"

"老汤一直挂念你，他对儿子也没这么挂念。"刘丙奇跟过来笑着说。

"朋友嘛！什么叫朋友？这段时间没看见你，怪想念的，你每天在外面跑，那么辛苦，老想打电话约你喝个酒，又担心打搅你。"汤伯光说。

南雨内心有一股暖暖的液体在流动，有一种久违的感觉。

"晚上我们一定要好好喝一杯。"汤伯光说。

"老巴把晚上酒会设在朝庭会所，是个喝酒的好地方。"刘丙奇说。

正说着，巴特尔过来了，一把抱住他，说："兄弟，想死我了！"

没人提最近信河街的经济情况，更没人提自己单位里的事情。这样也好，朋友在一起应该说些温暖的话，做点快活的事，如果一谈到经济心情肯定沉重。

开业剪彩时间快到了，巴特尔跑来邀请刘丙奇、汤伯光和南雨一起上台剪彩。刘丙奇没有推辞。南雨心里想，这段时间他的银行一定跟巴特尔发生了业务来往。在这个全国银根收紧的时刻，他能够对巴特尔施以援手，也可以看出他对朋友的情意。可汤伯光坚决不上台。

“你是我朋友嘛！为什么不能上台？”巴特尔说。

“算了，老巴你就不要勉强了。老刘代表就行了！”南雨笑着对他说，“你不能因为老汤上次没让你上台剪彩，这次把什么人都拉上去呀！你把我们拉上去，其他剪彩的人未必高兴，觉得你把他的档次弄低了呢！”

“我邀请什么人上台剪彩，关别人屁事！”巴特尔说。

剪彩仪式结束后，刘丙奇要赶回银行开会，汤伯光也要赶回去参加一个跟房地产有关的董事会。大家约好晚上再会。送走他们和前来参加开业仪式的宾客后南雨留下来，巴特尔带他参观新公司。

南雨知道巴特尔很早就代理了雅马哈等牌子，这就像房地产的圈地，他把这个牌子的代理权拿下来，其他人就不能在信河街卖这个牌子的乐器，生意相对好做一些。但是，钢琴毕竟不是生活必需品，巴特尔现在逆市而上，岂不是要承担更大的风险？不过，巴特尔最大的特点是乐观和积极，敢想敢干，这种人通常会有好运气。

南雨在巴特尔公司里待了半个钟头，巴特尔送南雨上车，车子发动了，巴特尔还站在那里。南雨又摇下车窗，跟他挥了挥手。

下午 5 点一刻，南雨刚从公司回到家，巴特尔给他打电话，说他已经在朝庭会所，让南雨快点去。南雨来到朝庭会所二楼的宴会厅，离约定的时间提前了一刻钟，客人还没来。晚上一共宴请了八桌客人，二楼宴会厅摆了两桌，一桌是领导，另一桌是朋友，其他客人在一楼各个包厢。

6 点半，刘丙奇和希娜来了，其他客人也陆续来了，汤伯光和鲁若娃还没到。巴特尔给汤伯光打电话，他说正在路上。给鲁若娃打电话，她没接。

6点45分开席，汤伯光还没到。刘丙奇和巴特尔坐在领导那一桌，南雨和希娜坐在一起。希娜问他："巴特尔老婆想回来，你知道吗?"

"我不知道。"南雨摇摇头，又转头看看邻桌的巴特尔，"老巴是什么意思?"

"我听刘丙奇说，上个月，老巴的老婆又上法庭，老巴还是说不离，他对法官说'我们感情好着呢'。他老婆见他这么说，也改口说不离了，要回来跟老巴一起过。老巴在法庭上笑嘻嘻地同意了，出了法庭，看都不看她一眼，开着车就走。"

"老巴不是一个绝情的人。"

"几年前，老巴差点被他老婆害破产。老巴公司的贷款需要他老婆签字，她突然跟一个男人跑了，老巴不能按时还款和续贷，如果不是刘丙奇帮忙，老巴可能就缓不过气来了。"希娜说。

"老巴的钢琴公司能够做到现在这个规模，很不容易。"南雨说。

"这一帮朋友里，还是你最惬意，家里有那么大的企业等着你去接班。"希娜说。

南雨笑了笑，没有回答。

这时，汤伯光带着鲁若娃从门口进来。希娜朝他们挥挥手。巴特尔也看见他们，跑到门口迎接，把他们带到南雨和希娜身边。南雨看了看鲁若娃，她故意不看这边。巴特尔说："老汤你迟到了。"

"不好意思，不好意思，我去接鲁若娃才迟到的。"汤伯光大声地说，他满脸红光，先把鲁若娃的椅子拉开，让她先坐，然后才坐下来，眼睛四处扫描，跟所有人含笑点头。

鲁若娃坐下来后，南雨再看她，她还是故意不看他。这时，希娜看看鲁若娃，又看看南雨，张了张嘴巴。南雨看她的表情，似乎是问怎么回事。他装作没看懂，埋头吃菜，吃了一会儿，站起来接一个电话。接完电话后，上了一趟洗手间，从洗手间出来，没再回宴会厅，把手机一关，直接回了家。

11

那晚的电话是吴一帆打来的。她问："兄弟，你在干什么?"

"正在参加朋友的酒会呢!"南雨问她，"有事吗?"

"早些天我跟家里人说了，觉得你还不错，家里人挺高兴，敦促我多跟你约会呢!"

"南风也问我了，我说蛮好。南风马上把我的意思上报给父亲，他老人家甚是宽慰，让南风传话，让我多跟你接触。"

"我们得增加一下接触频率，起码要把戏做给他们看，要做得像那么回事。"

"一切听你安排，我争取把戏演好。"

第二天上午，南雨接到巴特尔的电话："你昨晚走了太可惜了，我后来把老汤和鲁若娃都灌醉了。我敬鲁若娃酒，老汤抢着喝，说鲁若娃是他接来的，要保护她。鲁若娃不让他保护，他不肯，说既然鲁若娃要喝他也陪着喝，结果两个人都醉了。"巴特尔在电话里哈哈大笑起来，笑完了，又说，"看来老汤真是喜欢上鲁若娃了，可我觉得鲁若娃没怎么把他放在眼里。后来希娜也跟我这么说，希娜说鲁若娃眼里只有你，可又搞不明白你们两个在布什么迷魂阵。"

说到这里，南雨听见巴特尔手机里传来"嘀"的一声，巴特尔说："有一个客户给我打电话了，是说钢琴招标的事，我们再联系。"

南雨挂了电话，想了想刚才巴特尔的话，甩了甩头，把这些念头赶出脑子。

第三天下午，吴一帆又打来电话，说家里人又催了，问他什么时间有空。他说这几天公司来了一批重要客人，要等他们离开后才能抽出时间来。她说没关系，你这么说，我就可以给家里人回话了。

公司没客人来，他只是不想见吴一帆，也不想做什么事。

正在这时，南雨接到山东一个原材料供应商的电话，他们将在后天举办一个全国性订货会，邀请函很早就发了，一直没收到回信。对方这么一说，南雨想起来确有这事。这样的订货会，他参加了两届。说是订货会，其实是对方出钱邀请他去玩，白天游山玩水，晚上喝酒。山东的原材料供应商跟他们公司的业务来往时间最长，量也最大，双方相互信任，市场上的货源和价格经常会变动，但只要向他们要货，他们总会在第一时间发来，价格也最合理。关系一直不错。接到邀请函时，南雨刚刚结束客户的拜访，累得饭也不想吃。接了他们的电话后，他突然有了兴趣，反正不想待在信河街，出去散散心也好，就在电话里答应他们了。

南雨乘坐的是第二天下午两点的飞机。刚到酒店住下，公司的总经理和董事长就来房间拜访，接着是例行的欢迎酒会。南雨被安排跟董事长坐在一桌。山东人的喝酒规矩太多，主陪喝了副陪喝，副陪喝完说是可以随意，但无论哪一个主人站起来敬酒，都不能推辞。一喝就是三满杯。南雨前两次来参加订货会，都是第一个晚上就被他们灌倒，次日参加会议昏昏沉沉。今天晚上喝的是一个叫六重门的红酒，是他们公司直接从澳大利亚进口，专门用来公司接待和送礼用。他们曾经发了一百箱给南雨，酒精度是14.5度，口感温和，偏甜。可是，南雨今晚酒兴全无，喝完董事长的三杯酒后，又喝了副陪的三杯，按照道理，起码要回敬他们六杯。一圈下来，差不多喝了一瓶红酒，喝得快，立即上头，南雨赶紧推说身体不适，回房间休息了。

回到房间后，冲了个澡，躺在床上，床头灯开着，电视也开着，好像是个相亲节目，看了一会儿，迷迷糊糊睡了过去。醒来时，电视一片雪花，他看了看时间，才凌晨3点多。南雨睡眠一向很好，只有喝多了酒才会在凌晨3点左右醒来。

爬起来上了一趟洗手间，喝了两口水，关了电视和灯，躺在床上，眼睛越睁越大，脑子里一片空白。一直到窗外逐渐发白，才又合上眼睛。

上午是会议，下午安排去趵突泉玩。南雨以前去过，就没有随同。吃完午饭后，躺下去午睡，很快就睡着了。隐隐约约听到手机振动的声音，第一次没理会，又响了一次，闭着眼睛接了，先听到嘤嘤的哭声，接着是叫他的名字，猛地醒过来——是鲁若娃的声音："南雨，你在哪里?"

"我在山东济南。"南雨赶紧说，"你怎么了?"

那边突然没声音了，静了一下，南雨问她："鲁若娃，你在听吗?"

"我想去济南。"她说。

南雨想了一下，摇了摇头："去青岛吧！我们在那里碰头。"

12

南雨下午4点到达青岛香格里拉大酒店，入住盛世阁的十九楼套房。这个酒店的构造分为青香阁和盛世阁，盛世阁的房间都是面向大海。

南雨前后来过青岛三次。第一次是读中学时来旅游，除了那条通向大海的栈桥，别的几乎没印象。另外两次分别是前年和大前年，都是来参加山东公司的会议，也住在香格里拉大酒店，这里离海滩近，步行十分钟就到。

住进房间是4点15分。放下行李，洗一把脸，给鲁若娃发条短信，告诉酒店地址和房间号。

半个钟头后，门铃响起来，南雨打开门，鲁若娃背着一个双肩包站在门口。她脚穿一双黑色高帮帆布运动鞋，蓝色紧身牛仔裤，一件白色T恤，外面套一件深蓝色的衬衫，头发扎在后面。

鲁若娃进来后，放下双肩包，上洗手间洗了脸，出来后，南雨正站在窗户边，看着不远处的蓝色大海。她来到南雨面前，带着一股夜来香的味道，把双手插进他的手臂，抱着他的腰，整个身体滑进他怀里。南雨伸手搂着她的背，她把脸紧紧贴在他胸口。南雨低头亲了一下她的头发，她把头抬起来，把嘴唇伸上来。她更紧地抱着他。外面的颜色渐渐暗下来。

晚上九点，才去吃晚饭。他们去的是一家叫达芬奇的意大利餐厅，点了六个菜：正宗意大利面、茄汁鲈鱼、冰虾、烤羊排、蔬菜沙拉和提拉米苏。另外，点了一支小拉斐。

鲁若娃一直靠在南雨身边，点完菜后抬头问："这家餐厅你常来?"

"每次开会都会来这里吃一顿，意大利美食是西餐之母嘛!"南雨笑着说。他选这家餐厅是有意为之。鲁若娃在信河街开的是意大利酒吧，也做西餐，但南雨觉得这里的西餐比她酒吧的地道。

按照意大利西餐的程序，先上来的是正宗意大利面，南雨只点了一份，两个人一起吃，然后上来的是海鲜和烤羊排，最后上来的是蔬菜沙拉和甜点。每吃一道菜，南雨都问她味道怎么样?她都说不错。她刚开始没胃口，只夹了两筷子面，吃了冰虾后把小拉斐喝光，鲁若娃的胃口才开。又要了一支小拉斐。

鲁若娃的酒量一点不比南雨差。喝完两瓶后，南雨微微有点上头，她好像没什么反应。她脸色微红，在柔和的灯光下，像一朵刚出水的荷花。

出了餐厅，鲁若娃双手侧抱着南雨，身体靠紧他。南雨伸出右臂把她揽进怀里。

他们一起回了房间。刚进了门，她就捧着南雨的脸亲吻起来。南雨抱着她，沉醉在浓浓的夜来香味道里。他希望能一辈子抱着她，一刻也不要离开。

鲁若娃是第一次来青岛。次日醒来，南雨对她说："对哪里感兴趣？我带你出去转转。"

"我只对你感兴趣。"她看着他说。

"我又不是什么稀奇的宝贝，在你身边又不会跑掉，既然来青岛，你还是出去看看青岛的风光。"

"不，我只要你，我要你躺在我身边，我要一直看着你。"

他们在房间里待了一整天，中餐和晚餐都是送到房间里来的。到了夜里九点钟，鲁若娃对南雨说："我们到海滩走走吧！"

穿好衣服，徒步到了海滩。潮水正在慢慢退去。海滩被潮水冲洗得平整而结实，走过去，留下两串长长的脚印。

海滩边上有一家专门卖生蚝的小店，据说所有的生蚝都从法国空运过来，一只生蚝二十五元。南雨和鲁若娃都喜欢吃生蚝，每人尝了一只，味道果然很好，生蚝的肉富有弹性，咬在嘴里，似乎还在动，入口后味道新鲜，咸中带有一丝甜味。

他们在小店外的一张桌子坐下来，先叫了二十个。南雨问鲁若娃："想不想喝点酒？"

"好，喝点。"

南雨到店里，发现有竹叶青，属于汾酒系列，只有38度，有甜味，南雨和鲁若娃都喝过，他转头问："来一瓶竹叶青怎么样？"

"可以。"她说。

店老板拿来了竹叶青和两个酒杯，同时端上了一盘刚撬开的生蚝，还有两副吃生蚝用的刀叉和一个切成八瓣的柠檬。

吃完二十个生蚝，一瓶竹叶青才喝了三分之二。他们又要了二十个生蚝。

他们把那瓶竹叶青喝光，生蚝还剩十二个。南雨跟鲁若娃商量后，又去小店里拿了一瓶3两装的竹叶青。

从小店出来，已是11点半，潮水远去，海滩上空无一人。他们互相搂着对方的腰，继续朝前走。来到一个灯光照不到的地方，鲁若娃突然说："我想下去游泳。"

"你想裸泳就下去吧!"南雨看了看四周，笑了一下。

"我要你也下去。"

"我下去谁替你看守衣服?"

"谁要你看守?这个时候海滩上只有我们两个人。"

"好吧!"

他们走近海水，鲁若娃三下两下脱了衣服，身体一跃，像一道白光钻进海里。南雨又看了看四周，还在犹豫。

"你快下来呀!"她的声音夹杂在海潮里。

当南雨也脱了衣服跳进海里，鲁若娃却不见了，他喊了两声，没回应。南雨有点慌起来，正要喊第三次时，她从水里钻出来，一把抱住他，拉进深水里。

回酒店抄了一条近路。南雨拉着她的手，走进一条不知名的巷子里，巷子两边栽着夜来香，进了巷子，夜来香的味道浓得可以摸到。他拉过鲁若娃说："这就是你的味道。"

她没有开口，她的嘴和南雨的嘴合在了一起。

回到酒店，经过大堂的钢琴边，鲁若娃看了看他，说：“我给你弹一首曲子吧！”

她把披散下来的头发往后捋了捋，打开钢琴的盖子，弹起了《泰坦尼克号》电影的主题曲。刚开始，南雨见一个主管走过来，当他听见琴声后，就止住了脚步，一动不动地站在那儿。

这是南雨第一次听鲁若娃弹琴。她弹完，身后有掌声响起，南雨才回过神来，拉着她的手，回了房间。

他们一起洗了澡。她的皮肤像婴儿一样干净光滑。后来，南雨用酒店的吹风机给她吹头发，她歪着头，出神地看着地板。吹干头发后，鲁若娃让南雨抱她上床。鲁若娃幽幽地说了一句：“如果能一直这样抱着你该有多好啊！”

“那你就一直抱着啊！”南雨又笑了一下。

“嗨，你真是我可爱的小点心。”鲁若娃刮了一下他的鼻子说，停了一下，她看了看窗外，说，“我们明天回去吧！”

13

从青岛回来后，南雨常去鲁若娃的幸福花园。

但在公共场合，他们依然刻意保持着一定距离。南雨觉得这样挺好，既有一份牵挂，又不给对方负担。鲁若娃好像也是，从来不在公开场合拉他的手。她没解释理由。也没问他。

天气转凉后，他们分别接到希娜和刘丙奇发来的请柬，邀请一周后的周六晚上参加他们结婚五周年的木婚趴。南雨不知道木婚趴是什么性质，应该送什么样的礼品。打电话问巴特尔，巴特尔在电话那头沉吟了一下，说：“我跟你不一样。”

“怎么不一样了？”南雨觉得奇怪。

“我跟老刘有业务来往，他帮过我的忙。”停了一下，巴特尔接着说，“我想趁这个机会，表示一下。”

“老刘会接受吗?”

“别看老刘表面强硬，私下还是希娜说了算。”

南雨把巴特尔的话告诉鲁若娃。她表示认可。鲁若娃知道希娜的性格。鲁若娃说:“希娜喜欢奢侈品，名表、名包最喜欢。”

刚好南雨公司销售部经理在香港出差，南雨给他打电话，让他去商场看看，带两块劳力士手表回来。经理问有什么要求，南雨说必须是女式的。经理再问还有什么要求，南雨想了一下说，一个镶金、一个镶钻。过了一个多钟头，南雨手机接到一条彩信，打开一看，是销售部经理发的来两块手表图片，接着电话也打来，对南雨说，镶钻的88000，镶金的80000。南雨说行，马上把钱打到你卡里。

三天后，南雨去鲁若娃家，把镶钻的那块手表送给她。南雨从没送过她礼物，这是第一次。鲁若娃很开心地接过手表，马上戴在手上，抱着他的脖子亲了一下，把他按在沙发里，坐在他腿上说:“你说说看，为什么突然想给我送礼物了?”

“不是特意的，是给希娜买礼物时顺便带的。”

“为什么送我的是镶钻?送希娜的是镶金?”

“镶钻的钱多一点嘛!”

听南雨这么一说，鲁若娃突然生气起来，说:“就这个原因?”

“就这个原因。”南雨说。

“那我要你的礼物做什么?”鲁若娃把手表掷还给他，坐到沙发另一头。

“你还是收下吧！做一个纪念也好。”停了一会儿，南雨轻轻地说。

她身体歪在一边很长时间没说话。

又坐了一会儿，南雨站起来。鲁若娃转过身，看了他一眼，眼眶红红的，说："我刚才不应该对你发脾气。"

南雨伸手抚摩了一下她的脸，摸摸她的头发。

"我怎么能怪你呢！"鲁若娃擦了擦眼睛，对他笑了一下，"我的问题也没办法解决。"

"你不要怪自己。"南雨记得鲁若娃对他说过，她对爱情没信心，对婚姻更没信心。南雨看着她，心里一阵绞痛，"你知道，我很想为你做点什么，可又不知道能做什么。"

"我知道。"她乖顺地点了点头。

"以后你无论遇到什么事，都可以跟我商量。"南雨突然想起鲁若娃那段时间不接他的电话。

她又点了点头。

南雨走了两步，回头看了看她。

"以后还来吗？"她问。

他点了点头，马上又摇了摇头。

南雨看见鲁若娃的眼睛里突然滚出两颗眼泪。她站起来，看着他，说："让我再抱一抱你行吗？"

南雨张开双臂，鲁若娃紧紧搂住他的脑袋。

南雨下楼后，回头看看她的家，灯还亮着。他不担心鲁若娃，她一定会没事的，只是他以后不会再来这里了。坐进车子后，南雨又抬头看了一会儿她的房子，除了灯光，鲁若娃的房子里没有一丝动静。他把车子发动起来，驶离她的小区，他很想找个地方喝几杯酒，可是，身体到处酸痛，犹豫了一下，最后还是回家，冲了一个澡，倒头就睡。

那个周六晚上，南雨如约参加希娜和刘丙奇的木婚趴。他们住在一个叫作国际花苑的别墅区里，有一个独立草坪，草坪入口处，用植物和鲜花搭起一个拱门，来宾都从拱门进入，草坪被一分为二，一半搭起粉红色的帐篷，另一半露天，帐篷里摆满各种各样的西餐点心，还有各种酒。有专门从酒店请来的服务员在服务。草坪上有三排长条桌，还有一些椅子随意摆在角落。有音乐在轻轻回旋。

南雨到达拱门时，希娜和刘丙奇正站在拱门下迎宾，刘丙奇穿着黑色西装，打着蓝色领带，希娜一身白色裙子，长长的下摆，很像婚纱。南雨把礼物递给希娜，她一看袋子，马上尖叫起来："天哪！南雨，你干什么送这么贵重的礼物？"

刘丙奇也伸头来看，皱了一下眉头，说："老南，你这……"

"老巴他们都来了吗？"南雨笑了笑，问刘丙奇。

"他们早来了。"

南雨看见巴特尔挥着手："老南，这里，这里。"

南雨举了举手，朝他走去。南雨问他："老汤呢？"

"喏，在那儿呢！"他用手指了一下。

南雨随着他的手指方向看去，鲁若娃穿一件紫色长袖连衣裙，戴着白色手套，围一条黑色披肩，她把两边的长发盘起来，用一个白色的发罩罩着。一对绿松石耳坠微微地晃动，裸露的脖子上挂着一条绿宝石项链，衬托出她的皮肤越发白皙。她脸带微笑，左手轻轻拉着裙摆，右手端着一杯白葡萄酒。她的微笑照顾到每一个人，不知道的人会以为她才是这里的主人。汤伯光穿着蓝色西装，打着红色领带，像尾巴一样跟在鲁若娃身边。

6 点半，天色暗下来，草坪上亮起了五彩灯光。希娜和刘丙奇来到草坪中央，先是希娜说话，她感谢朋友来参加他们的木婚趴，希望朋友们在这里吃好玩好。她也感谢了刘丙奇，给了她幸福的爱情和一个温暖的家，她会珍惜拥有的一切，把每一天当一辈子来过。同时，她祝福在场的朋友，希望已经结婚的幸福恩爱，还没结婚的早日找到意中人。说到这里时，她还特意看了南雨一眼。希娜说完后，轮到刘丙奇说，他只说了一句，说一切听老婆的，无论什么事，老婆错的也是对的，对的就更对了。他一说完，希娜就扑在他怀里。

草坪马上被鼓掌声覆盖。

接下来是自由用餐时间。希娜和刘丙奇拿着酒杯敬酒。汤伯光笑嘻嘻地跟在鲁若娃后面，拿着酒杯，看见人就敬酒。他们到了南雨和巴特尔面前，巴特尔对汤伯光说："老汤，今天是老刘和希娜的好日子，你在这里瞎掺和什么?"

"今天是个好日子嘛!"汤伯光笑着举杯跟巴特尔碰了碰，又跟南雨碰了碰。

南雨举杯跟鲁若娃碰了碰，她笑笑。

"你们随意啊!"汤伯光说。

"操！这里变成老汤的主场了。"巴特尔看着汤伯光的身影说。

"你是不是很讨厌老汤?"南雨说。

"恰恰相反，我挺喜欢老汤。"巴特尔说。

"既然喜欢，为什么老跟他对着干?"

"正因为喜欢，才跟他对着干嘛!"巴特尔哈哈哈地笑起来。

14

重阳节前后，吴一帆打了很多次电话，说快被她姐姐逼疯了，要她带南雨回家去给她父母看看，吃一顿饭。南雨对她说，你能拖就拖，真不能拖再说。

其实，南雨也碰到这个情况，南风好几次跟他委婉地说，父亲想请吴一帆来家里吃一顿饭。南雨装作听不懂她的意思，说："哦，我跟她说说看。”南雨当然不会跟吴一帆说。

大概一周后，那天他刚吃过晚饭，接到吴一帆的电话：“兄弟，我在你家楼下，你下来。”

他看了下时间，已经6点半。

南雨坐上她的车，问她去哪里。她说带他去一个好地方。到了那儿，南雨才知道是个摇滚酒吧。南雨不想进去，可又不忍拂了吴一帆的好意，只好硬着头皮跟进去。吴一帆对这地方挺熟，她叫了一瓶威士忌和冰块，还叫了一盘火腿片。

威士忌上来后，吴一帆给南雨倒了一杯，给自己倒了一杯，说了一声“干”，一仰脖子，杯子就空了。然后咯咯咯地笑起来。

笑了一阵才停住，说：“你看我这样子像不像个酒鬼？”

不等南雨回答，又接着说：“我被我姐姐逼得气都快喘不过来了，在家里他们禁止我喝酒。我父亲当年让我去英国留学，就是要去学习做一个淑女，没想到我变成一个怪胎。”

“那你多喝点。”南雨说。

“多了不行，会被他们发现的。如果要喝得尽兴，一定要出去，不能在信河街，不能回家。”

“家里人会让你离开吗？”

“我说跟你出去啊！他们肯定会答应的。”

“那好吧！我想一个地方。”南雨想了一下，脑子里闪了一下，说，“去千岛湖潜水怎么样？”

“好，我向家里报告一下，明天就走。”

吴一帆眼睛放出光来了。说话间，吴一帆身体一直跟着音乐扭动，嘴里不时哼着英文歌。南雨看了看舞池，一堆人像起网的鱼一样又蹦又跳。他问吴一帆去不去跳，她摆了摆头说：“在这里不行，被我爸知道就死定了。”

他们在千岛湖住了三天，每天去潜水。

南雨发现一座小岛上栽满了梅花。他在心里想，等到真正的冬天，满山的梅花开放，映到湖面上，那才叫美呢。

这次也没有找到上次的古塔，而是找到一个叫城隍庙的地方，庙里的建筑都已坍塌，但牌坊还在，牌坊下面有一个横洞，南雨游过去，刚好可以躺在洞里，有一种回家的感觉。水的压力很大，每次呼吸都很缓慢，南雨调整气息，闭上眼睛，四周开始沉静下来，感觉渐渐融化在了水里面。

回来的路上，吴一帆突然问南雨：“如果家里人一定要我跟你结婚怎么办?”

“那就走一步算一步。”

“如果我们结婚，双方家里就都交代过去了，结婚后，我们依然保持现在这种关系。”

南雨没料到吴一帆会有这样的主意。仔细一想也就释然，或许，对他来说，这未尝不是个两全其美的形式。可是，他又觉得跨出这一步，也不是他想要的人生。他沉吟一下，说：“这事再让我想一想。”

“跟你开个玩笑啦！我不会做这种事的。”吴一帆说。

南雨摇摇头，自嘲地笑了笑。他觉得这时的吴一帆特别可爱。

15

牛栏山高尔夫球场举办了一场奥迪明星对抗赛。

奥迪汽车公司组织了一个影视明星球队，与全国奥迪销量前十名城市的球队打比赛，信河街是其中一站。主办方委托给牛栏山高尔夫球场，球场找到巴特尔，开出条件是如果赢了比赛，可以开回一辆奥迪车。输了什么也不亏。巴特尔把大家叫到意大利酒吧商量，开了一瓶 XO。

“在这个时候，去打这样的比赛好不好？”刘丙奇看了看大家说。

刘丙奇说的“这个时候”，是指接近年底，经济依然没有回暖迹象，企业日子不好过，银行也发愁。

“正是这个原因，我们才要打这场比赛，而且要打赢这场比赛。”巴特尔看了看大家，他见大家没接话，一口喝光了杯里的酒，说，“这个时候，没有人给我们打气，我们要给自己打气。你说呢？老汤。”

“老巴说的有一定道理。”汤伯光看了刘丙奇一眼，说，“我不在乎一辆奥迪车的奖品，我在乎的是通过这个比赛把气打起来。只要气不泄，什么样的难关都可以渡过去。”

“你说呢？老南。”巴特尔转头问他。

“不要问我，我早就是个没气的人，怎么打也没用。”

南雨这么一说，大家都笑了起来，气氛轻松了许多。

“老南是定海神针，没有老南，我们的生活怎么办呀！”汤伯光笑着调侃。

“我们需要你。老南。”笑过之后，巴特尔认真地说。

“我陪你们打就是，但输了不要怪我。”他说。

“呸呸呸！哪有还没打就说输的？以后不许再说这个字。”汤伯光赶紧说。

“我这段时间可能会比较忙，一到年底，行里的会议特别多。”刘丙奇说。

“你尽量抽出时间来练球。”巴特尔说。

“就是，只要我们四个兄弟出马，肯定打遍天下无敌手。”汤伯光说。

“我还有一个提议。”巴特尔把四个人杯里倒满了酒，举起酒杯说，“喝了这瓶酒，我们戒酒一个星期，等打赢比赛再好好庆祝。我来请客。”

“再也不能跟上次一样喝醉了去打比赛啊！”南雨笑着说。

接下来的一个星期，巴特尔和汤伯光每天都在山上，他们每天天不亮就上山，天黑才下来，风雨无阻。

刘丙奇把银行工作安排在上午，下午赶到山上来。

南雨也是每天去，但他每次到球场，巴特尔和汤伯光已经打完一场了。

比赛前两天，汤伯光在打球时淋了一场雨，感冒了，人虚得连球杆也挥不动。他还是坚持上山，练完球后，赶到医院挂点滴。

比赛那天又下起小雨，还刮着风，风也不正经，一会儿刮西风，一会儿刮南风。这给打球增加了难度。不过这对南雨他们来说比较有利，他们在这里打了将近十年球，什么样的天气没碰见过？除了打雷，各种天气都试过。如果夸张一点说，闭着眼睛都可以把球场走下来！而影视明星队就不同了，他们对这个球场不熟悉，对今天这个天气也不适应。影视明星队昨天来练过球，南雨他们在边上观摩，虽然大家都没开口，心里却清楚，影视明星队的水平要强一筹。别的不说，单看开杆就知道，他们最好成绩能开到320码左右，这已经是职业球员的水平了。而南雨他们四个人里，只有巴特尔有这个水平。老天保佑！早上一起来，居然刮风下雨了，事情开始朝着有利于南雨他们的方向扭转。按照高尔夫比赛规定，必须风雨无阻，除非天上打雷（因为球杆是铁的，容易触电），现在是冬天，就是把天空戳出个窟窿来也不可能有雷啊！

开赛前，他们在休息室里布置战术，必须抓住这一有利条件，坚持每一杆打出最好水平，争取前半程把优势拉开。凭影视明星队的水平，估计半程之后，能够慢慢适应这个环境，会一点一点赶上来。这个时候，不能急，更不能慌，把心态放好，只要心态一好，估计成绩也不会差到哪里去。

比赛开始了。他们穿着汤伯光专门找人赶制的队服出场，一样的白帽子，一样的白手套，一样的白球衣，一样的白球裤，一样的白高尔夫球鞋。他们这边是巴特尔先开球，汤伯光第二，南雨第三，刘丙奇殿后。

巴特尔的开杆就把对方震住了，他开出了 330 码，这几乎是他的最好纪录。第一个洞就抓了一只小鸟。

他们的士气也被巴特尔带动起来，打了半场，每个人都有小鸟进账。巴特尔和刘丙奇各抓到一只老鹰。

果然，半场过后，影视明星队逐渐适应了场地，再加上这时雨也止住，风也停了，他们的水平体现出来，也有队员抓到了老鹰。

到了最后一个阶段，双方的杆数已经持平。他们还是按照原来布局的战术，一杆一杆地打，倒是影视明星队，可能急于想赢，出现了两次失误，OB 了两个。

比赛结束，影视明星队总杆合计是 299 杆，他们队总杆合计是 298 杆。以一杆险胜。

那天晚上，巴特尔兑现诺言，请大家在朝庭会所喝酒。他还邀请了希娜和鲁若娃，但鲁若娃没来。入座后，巴特尔说：“打赢这场比赛，是我今年以来最高兴的一件事，比五百架钢琴大联奏高兴，比我分公司开业高兴。晚上我们改喝茅台，一定要一醉方休，没醉的人谁也不准离开这个门。”

“不会是假酒吧？最近市场上假茅台很多。”汤伯光把酒瓶拿来看了看。他看不大懂，又把酒瓶放回去。

“绝对放心，是我一个兄弟特意从厂里特批出来的。”巴特尔拍着胸脯说。

“说到假酒，我们平时喝的洋酒可能更假。”刘丙奇说。

“不会！我们喝的洋酒是直接从海外带进来的。”汤伯光说。

“管那么多干什么？只要能让人高兴起来，我认为就是好酒。来，兄弟们干一杯。”巴特尔说。

一瓶茅台很快就喝光了，又开了第二瓶。

开了第二瓶后，南雨上了一趟洗手间，刚从洗手间出来，看见希娜从座位上站起来，朝他眨了眨眼，走到门外，南雨不知什么事，跟了出去。

“最近有碰到鲁若娃吗？”她问。

南雨摇了摇头。

“我听刘丙奇说，她遇到问题了。”

“什么问题？”

“她有几个楼盘是在刘丙奇银行贷款，已经到还款日期了，楼盘不能脱手，她问刘丙奇怎么办。刘丙奇能怎么办？银行又不是他一个人开的，最多只能再延期一个月，到期不能还，只能走法律程序。”

“她欠银行多少钱？”南雨问。

“差不多一千万吧！我知道你们的关系，现在是鲁若娃最困难的时候，你要帮帮她。”希娜看着他说。

南雨点了点头。

“鲁若娃的性格你知道，这事不要跟任何人说啊！”希娜说。

南雨又点点头。

希娜进去后，南雨掏出手机拨通了鲁若娃的电话，她没接。再拨，她还是没接。拨了三次，她都没接。

南雨回到包厢，又跟大家喝了几杯酒。实在坐不住，站起来要走。巴特尔不让，说：“你要走可以，跟在座的每个人连喝三杯。”

他拿起桌上的酒瓶，摇了摇，差不多有半瓶，叫服务员拿来一个大杯子，把瓶中酒全部倒出来，举起杯子，一口干了。

“有血性，我喜欢。我们再干一杯?”巴特尔说。

“南雨可能是真的有事情，大家让他走吧!”希娜出来打圆场。

“老巴你这样不公平，老南刚喝了一大杯，你要找他比酒，也要先喝一大杯。”汤伯光出来主持公道。

“没事，我跟老巴再喝一杯，今天高兴。”南雨说。

“好，够兄弟。”巴特尔让服务员又开了一瓶，倒了两杯，一口喝光。

离开朝庭会所，南雨又给鲁若娃拨了一个电话。她关机了。

南雨打车到幸福花园的楼下，发现她家没开灯。转身去了意大利酒吧，她没在。他要了一个包厢，坐在包厢里给她打电话。还是关机。突然，喉咙一阵难受，有一股东西快速地奔涌上来，他还没站起来，嘴巴一张，把刚才吃的喝的全都吐了出来。

第二天，他再打鲁若娃的手机，还是关机。他想了想，开车去了一趟鲁若娃任教的学校。学校说她请了年休，已经一个星期没来上班了。从学校出来，南雨又到她的幸福花园，来到楼上，按了很久门铃，也没应答。停了一下，他改敲门，还是没有反应。

16

农历小年夜的前两天，南雨接到汤伯光的电话，邀请南雨参加他的婚礼，说他随后会把请柬送来。刚挂了电话，希娜的电话就来了，她说：“鲁若娃要跟老汤结婚了，你知道吗?”

其实，刚接到老汤的电话时，南雨就有这个预感。虽有心理准备，接到希娜电话后脑子还是出现了一段时间的空白，手脚发软，手在微微颤抖。

“南雨你在听我说话吗？”希娜在电话那头问。

“我在听。”

“这个死人，保密工作做得很好，我也是刚从老汤那里知道的。”

“她跟老汤结婚挺好，会幸福的。”

“我知道老汤人不错，对她是既喜欢又崇拜，可她从来没喜欢过老汤。我刚才打电话给刘丙奇，他告诉我，老汤已帮鲁若娃还了银行的贷款，可能正是这个原因，她才嫁给老汤吧！”希娜在电话那头叹了一口气，接着说，“可是，我想不通的是，她既然能接受老汤的钱，为什么不愿接受你的钱？”

“她可能有她的想法吧！”他说。

“你难道感觉不到，鲁若娃不愿意见你，不愿意接受你的钱，正是因为她爱着你？”

“我没觉得。”他故意说。

“如果你真是这样想，算我多嘴。”

他的话可能惹恼希娜了，手机那边传来一阵嘟嘟嘟的声音。

两天后，南雨去参加鲁若娃和汤伯光的婚礼。婚礼在信河街香格里拉大酒店的瓯江厅举行，摆了五十桌酒席。来之前，南雨跟巴特尔通过气，鲁若娃和汤伯光两个都是朋友，应该送两份人情，包了两万元的红包。

南雨到时，鲁若娃和汤伯光正好站在门口，汤伯光一套白色西装、白色皮鞋，系红领带，头发刚做过，满脸泛着幸福的红光。他不停地转头看身边的鲁若娃，生怕一眨眼鲁若娃就不见了。鲁若娃身穿乳白色婚纱，戴着白色手套，头上戴一个金色凤冠，她今天化了浓妆，脸特别白，眼睛特别黑，嘴唇又厚又红，脸上挂着不真实的笑容。南雨走到汤伯光跟前，汤伯光转头看了鲁若娃一眼，张开双臂跟南雨拥抱了一下。然后，南雨走到鲁若娃跟前，笑了笑，她也笑了笑。南雨看不出她脸上的波澜，也看不出她眼睛里的波澜。他转头笑着对汤伯光说："老汤，我能抱一下你的新娘吗？"

"当然可以啊！"汤伯光笑着说。

他张开双臂，轻轻地抱了抱鲁若娃。

后面有客人进来。南雨对他们挥挥手，继续往里走，寻找他的桌位。没走多远，抬头看见巴特尔和希娜正朝他挥手。

坐定后，南雨问希娜说："怎么没见到刘丙奇？"

"刘丙奇马上要高升了，领导找他谈话呢！"巴特尔说。

"老巴你别瞎说。"希娜说。

"他们银行里的人都这么传。"巴特尔说。

"老刘有能力，办事又稳妥，高升是迟早的事。"南雨说。

"没影的事，你们别乱说。"话虽这么说，希娜已经笑得很开心了。

正说着，看见汤伯光在美国读书的儿子走过来，他穿一套黑色西装，打着红色领带。一年没见，他长大了很多。

"你什么时候回来的？"希娜问。

"回来两天了，父亲叫我一定要回来。"

"有空到阿姨家里玩啊！"希娜说。

他点了点头，挥了挥手说："叔叔阿姨再见！"

"老汤生了一个好儿子，越来越懂礼貌了。"巴特尔看着他的背后说。

"你也赶快生一个送到美国去啊！"希娜说。

“操！你干什么不生？”巴特尔笑着说。

“我生不生关你什么事？”希娜突然有点恼怒，转过身，不理巴特尔了。

她和刘丙奇结婚五年多没有生育，这是他们一直回避的话题。一直到酒席开始后，巴特尔连着自罚三杯酒，希娜的脸上才有笑意。

开始敬酒的环节后，鲁若娃换上红色旗袍，她跟汤伯光各拿着一个小酒杯，杯里是矿泉水。到他们这桌，巴特尔站起来要汤伯光喝酒，汤伯光求饶说：“兄弟，这么多桌，我不能开这个头，一开肯定醉。”

“不喝也可以，表演一个节目。”巴特尔说。

“我不会表演啊！”

“讲个故事也可以。”

“我也不会讲故事啊！”

“那好吧，就交代你是怎么把鲁若娃骗到手的。”

“我算过命，鲁若娃是我的福星，只要她在我身边，我就会万事大吉。”汤伯光笑着说，目光温和地看着身边的鲁若娃。

“你追了鲁若娃多久？”

“这个我也说不清。”汤伯光笑着说，“老巴你就饶我这一回吧！”

“要我饶你也可以，你们对着大家亲个嘴。”

“这个这个……”汤伯光转头看鲁若娃。

他的话音刚落，鲁若娃已经把嘴伸过去，亲住他的嘴。

酒席结束后，南雨和巴特尔坐希娜的车回去，先把巴特尔送回家。巴特尔下去后，车里只剩下他们两个人。又开了一会儿，希娜咳嗽了一声，说：“两个月前，鲁若娃找到我，说她怀上孩子了。”

“哦？”

“她让我把孩子打掉。”

南雨觉得心里被什么东西狠狠地捅了一下。

“我想来想去，觉得还是应该把这件事告诉你。”

“都过去了。”南雨轻轻说。

“唉！我真搞不懂你们两个冤家。”

南雨没有再说话，伸出左手靠在车窗边，食指顶住嘴唇，用牙齿狠狠咬住。车子正驶过瓯江大道，一边是江海交汇的黑暗巨流，一边是灯火闪耀的明亮城市。他在明暗交界之处，像潮水一样涌动。

卖酒

1

入梅后，天气多雨，闷热。

史可为开着别克车，在外面跑了一天，天黑回家时雨突然下得又粗又密，淋了他一身。老婆陈珍妮已经把菜烧好，看他一眼，笑了笑，说："吃饭吧。"

史可为点了点头，洗了手，换上在家里穿的短衣短裤，在餐桌前坐下来。陈珍妮已把碗筷摆好。都是史可为喜欢的菜，一盘红烧赤虾，一盘红烧排骨，一盘炒茄子，一碗敲鱼汤，两个冷菜是江蟹生和烫花蛤。

陈珍妮问他："喝点啤酒?"

"好的。"史可为想喝点酒消解心理压力。

陈珍妮给他开了一瓶冰镇的喜力啤酒。史可为给自己倒了一杯，问陈珍妮："你要不要也来一杯?"

她摇了摇头。

史可为把啤酒倒进嘴里，喉咙发出一阵欢快的破裂声，冰凉像裂痕一样弥漫全身。

一瓶啤酒很快喝光。陈珍妮又给他开了第二瓶。

史可为这时抬头问她："你今天有去学校上课吗?"

"我是上午的课。"停了一下，陈珍妮看了他一眼，又说，"上午碰到院长，他问起你，又提起让你回学校教书的事。"

"我回去能做什么呢?"

"院长说，到现在为止，学院还没有一个老师的营销课上得比你好，再加上你这些年的实践经验，回来后一定更受学生欢迎。"

"学院的同事都在笑话我吧?"史可为问。

"怎么会笑话你呢?"陈珍妮看了他一会儿，笑了一下，接着说，"他们羡慕都来不及呢。"

"他们很快就会笑话我的。"史可为苦笑了一下。

"我对你有信心。天下没有过不去的桥，没有走不过去的路。"

"我对自己没信心。"史可为说。

"你一定要有信心。"陈珍妮伸过手来，握住他的手，"一切会好起来的。"

"可我觉得困难才刚开始呢。"史可为摇了摇头。

"如果真是这样，你更要有信心。"陈珍妮握他的手紧了一紧。

"我一定努力，希望形势很快能好转。"史可为在心里叹了口气，对陈珍妮点了点头，让她知道目前的情况就行，不能把压力转化给她。

喝完第三瓶时，史可为的手机响了。

接完电话，史可为看了陈珍妮一下，说："是丁大力打来的，要我去一趟。"

"你去吧。"陈珍妮看着他说。

史可为又看了看桌上的菜，犹豫着。

陈珍妮扫了一眼桌上的菜，说："丁大力找你肯定有事。"

史可为换上蓝色牛仔裤、白色T恤，外面再套一件蓝白格子的衬衫，带上钱包。出门前，陈珍妮正在整理桌上的菜，他对她说："我走了。"

陈珍妮抬头朝他挥挥手。

史可为顺手把门带上。来到楼下，雨还在下，细细地飘着，空气依然闷热。他拦了一辆出租车，来到观月楼KTV。这地方，丁大力叫了他很多次，没想到今天居然来了。他在楼下给丁大力打手机。没接。史可为刚要再打，丁大力回过来了："你到哪里了？"

"我到楼下了，你在哪个包厢？"史可为问。

"我在208包厢。"丁大力声音很大。有个女人在唱歌。

史可为来到208包厢，推门进去，看见丁大力搂着一个女人，两个人靠在沙发里，抱着一个话筒在唱歌。他一看见史可为，放下话筒，从沙发站起来，对史可为招手说："哎呀呀！兄弟你终于来了。"他一边说，一边迈着两条瘦腿走过来，史可为闻到一股酒气。史可为奇怪的是丁大力整天泡在酒里，却长不胖。他搂住史可为的肩膀，对那个正在唱歌的女人说："檬檬你先停一下，我刚才说的贵人来啦。"

那个女人马上放下手中的话筒，站起来，前倾着身子对史可为说："你就是史哥？为什么一直不来这里玩？"

"人家是正人君子，哪里像我一样整天寻花问柳。"丁大力一把把她抱在怀里，转头笑着对史可为说，"她叫林檬檬，是这里的领班，我的姘头。"

史可为看了林檬檬一眼，她一脸笑意，偎依在丁大力怀里，一只手搂着丁大力的腰，伸出另一只手，掐了一下丁大力的脸蛋。丁大力拨开她的手，说：“去，我兄弟来了，安排一个最好的小妹给他。”

“我一定办好。”说完后，她看了一下史可为，“史哥这里有相好的吗?”

“操，人家是第一次来，哪来的相好?”丁大力假装生气的样子。

“我知道了。”林檬檬依然笑得甜蜜，看了史可为一眼说，“史哥你稍等一下。”

“要年轻、漂亮、身材好，不好就退货。”丁大力说。

林檬檬出去后，史可为看了看丁大力，说：“大力，我今天跑了一整天，还是没找到王志远。”

“哎呀呀！什么话也不用说，是兄弟，咱们就把它吹了。”史可为的话还没说完，丁大力开了两瓶啤酒，递一瓶给他。

“我拖累你了。”史可为说。

丁大力对他摆摆手，把头仰起来，身体站成一个S形，只见他的喉结一跳一跳，发出“咕噜咕噜”的声音，一瓶啤酒就空了。他把空瓶倒过来，展示给史可为看。史可为见他这样，只好把瓶子举起来，喝了一半，喉咙满上来，停住，喘了几口气。

“一口干。”丁大力搂着他的肩膀说。

史可为深呼一口气，把剩下的半瓶灌下去，也把啤酒瓶倒过来展示给他看。

“这才是我的好哥哥。”丁大力又紧紧地搂一下史可为的肩膀，对他说，“我们就把今天当成世界末日，不醉不归。”

包厢门开了一下，一阵杂乱的歌声涌进来，又被关在门外。林檬檬带来一个小妹。

“先让我验收一下。”丁大力说。

“你要死啦。”林檬檬笑着拍一下丁大力的屁股。

“来来来，姐夫抱抱。”丁大力双手将那个小妹抱进怀里，在她屁股上摸了一把。小妹笑着挣扎。丁大力顺势把她送到史可为身边说，“姐夫派个任务给你，晚上把这位史哥服侍好，重重地有赏。”

史可为打量一眼那个小妹，穿一件蓝色的紧身牛仔裤，上身一件白色的紧身T恤，扎着一个马尾辫。她比林檬檬高出一头，年龄比林檬檬小一些，大概二十出头。方脸，化着淡妆，皮肤干净，眉毛细细，眼睛也细细，两个嘴角微微上翘，荡漾着笑意，像一个刚出校门的大学生。

“快叫史哥，史哥是个大老板，是你姐夫的兄弟加恩人。”林檬檬说。

“史哥好。”她眼睛看着史可为，脆脆地叫了一声。

“你好。”史可为朝她点点头。

“这是我的小表妹，叫琳儿，刚从老家过来，请史哥多关照。”林檬檬对史可为说。

“错，不是史哥关照琳儿，而是琳儿照顾好史哥。”丁大力插话说，把林檬檬推到一边去，一把将琳儿推进史可为怀里，又拍了一下琳儿的屁股说，“我把史哥交给你了。”

交代完后，丁大力搂着林檬檬继续唱歌。

史可为和琳儿坐在沙发里，琳儿倒了两杯啤酒，拿起来，说：“史哥，我敬你一杯。”

史可为跟她碰了一下杯，喝了。

琳儿连着敬了史可为三杯酒，看着他说：“你喜欢唱什么歌，我给你点。”

“我很少唱歌，也唱不好，你唱吧。”

“你不唱我也不唱。”琳儿往史可为身上靠紧一点，看着他说，“我们玩骰子怎么样？”

“可我只会玩比大小那种。”史可为笑着说。

“比大小最简单，谁输了喝一杯酒。”她说。

琳儿拿来两颗骰子和一个瓷碗，把各自的酒杯加满。她先把两颗骰子甩进瓷碗里，一个五点一个六点，轮到史可为，他甩出一个四点一个五点，他喝酒。第二次琳儿甩出一对五点，史可为还是一个四点一个五点，他又喝一杯。第三次他终于甩出一对五点，琳儿居然甩出一对六点，还是他喝。他笑着说："不来了，技不如人。"

刚喝完三杯，林檬檬过来敬酒，他又跟她喝了三杯。林檬檬刚走，丁大力又来跟他喝了三杯。史可为感觉脑袋沉起来，想说什么话说不出来，说出什么话马上忘记。人却兴奋起来，主动跟琳儿玩起了骰子，接下来的情况有所改观，双方互有输赢，有一阶段，他甚至连赢六次。

丁大力和林檬檬在合唱一首名叫《知心爱人》的歌，琳儿看着史可为说："我们跳舞怎么样?"

“我不会跳。”

“你跟着我就行。”

琳儿伸手把他拉起来，抱着他的腰。跟着音乐节奏，两人的脚步缓缓移动。渐渐地，琳儿的身体靠得越来越紧，终于把头贴到他的脖子上。他们移到一个灯光照不到的角落，琳儿抬起头，看着他，他看见琳儿的嘴唇微微张开，气息吹到脸上，那张脸离他越来越近，他把嘴唇迎了上去，她的舌头软软甜甜，一下就缠住他的舌头。

离开观月楼 KTV 已是凌晨 1 点半，丁大力给了琳儿五百元小费，史可为又摸了两千元给她。她要去了史可为的手机号码。

坐上出租车后，史可为原本还想跟丁大力说几句话，可丁大力一上车就打起很响的呼噜。

2

史可为睡到第二天中午12点才醒来，去卫生间冲了个澡，又去楼下吃了一碗鱼丸面，然后开车去恒明眼镜厂。他在眼镜厂待了半个钟头，给王志远打了五次手机、十次办公室座机，王志远都没接。他便开着别克车去王志远的贸易公司，还跟昨天一样，他办公室的门关得像岩壁。史可为在贸易公司等了一个下午，也没等到王志远。

第三天，史可为干脆不打电话，一大早就去王志远的贸易公司，整整一天，还是没有闻到王志远的气息。

这天下午5点，他接到一个电话，一听声音就知道是琳儿。

“你在干什么？”琳儿问。

“我正在讨债呢。”

“晚上能来观月楼吗？”停了一会儿，琳儿说。

“怎么了？”史可为问。

“想见见你。”

史可为听出她在撒娇，突然回味起她软软甜甜的舌头，心一软，对她说：“我约一下大力。”

“你不用约，这段时间他每晚都在观月楼。”琳儿说。

“等一会儿再联系。”

史可为拨通了丁大力的手机，丁大力一听就笑起来：“哎呀呀！你不会爱上琳儿了吧？”

“别乱讲。”

“操，别不好意思，那天晚上我看见你们亲嘴了。”

“那天晚上喝多了。”史可为觉得脸上一阵发烫。

“没事，去那种地方就是逢场作戏，碰到合适的小妹，下手要快，没什么好犹豫的。就像我和林檬檬，第一个晚上就把她收拾了。解决了肉体问题，其他就不成为问题了。”丁大力又是一阵笑声。

“我现在可没那个心思，王志远跑得连影子都没了，我都快愁死了。”史可为苦笑了一下。

“愁有什么用，今朝有酒今朝醉，有妞不泡，过期作废。”丁大力说。

“我没你那么潇洒。”史可为说。

“我这是苦中作乐啊，整天苦哈哈的有什么意思，怎么过不是一世?”

“好吧，今晚就去苦中作乐一下。”史可为说。

“这就对了，你让琳儿给我们预订一个包厢，她可以拿提成。”丁大力说。

“好，晚上七点钟观月楼见。”史可为说。

“观月楼见。”丁大力说。

跟丁大力通完电话后，史可为给琳儿回了一个电话，叫她预订一个包厢。然后，给家里打了一个电话。一切安排好后，史可为在王志远贸易公司楼下等到6点半，他希望王志远会在下班后偷偷溜回公司。可他还是等了个空，只好开车回家。

史可为刚刚把车停好，丁大力的电话就来了：“观月楼边上有家面店，店名叫长人，鱼丸面做得很地道，吃完后，我们直接去KTV找林檬檬和琳儿。”

“好，我们在长人面店碰头，我二十分钟内到。”史可为说。

史可为赶到长人面店，丁大力已坐在店里，他问史可为：“你吃什么?”

“来碗鱼丸面就行。”

丁大力站起来走到柜台，对服务员说："来两份鱼丸面，两份鱼饼。"

鱼丸面上来还有一小段时间，史可为看了丁大力一眼，说："我今天又去王志远贸易公司了，还是没有见到他。"

"操，这家伙不会跑路了吧？我有一个表哥，是信河街银行的副行长，他说最近有一批老板跑路了。"丁大力问。

"应该不会，"史可为想了想说，"他的手机还打得通，就是不接，如果跑路，手机肯定关机或者空号，再说，他的公司还在运作。"

"那他就是存心赖账。"

"我跟他做了七年多的生意，平时很豪爽的。"

"今年初以来，所有的企业都不好过，他肯定也碰到困难了。"

"他欠我的货款也就罢了。"史可为看了丁大力一眼，一脸的忧愁，说，"可我却拖累了你，害得你的眼镜配件厂资金转不动。"

"哎呀呀！你怎么又说这样的话，我不是说过了吗，没有你这些年业务的关照，哪里有我的眼镜配件厂。再说，王志远贸易公司不是把你的周转资金也拖欠了吗，你也是受害者。"丁大力说。

服务员端上来两份鱼饼和两碟酱油醋。

"吃。"丁大力对史可为说，夹了一块鱼饼，在酱油醋里蘸一下，送进嘴里嚼动。过了一会儿，说，"我觉得世界上最重要的事情就是吃，吃饱以后，最最重要的事情就是性。其他都是可有可无。"

鱼饼是信河街特产，原料是从东海捕捞上来的鮸鱼，去掉鱼骨、鱼刺和鱼鳞，把鱼肉和淀粉充分搅拌，做成一个个饼，切成一片片，蒸热即可食，入口软滑，似有韧劲，稍一嚼动，即化开，有海鱼的鲜味和香味。

不久，鱼丸面也上来了，满满一碗，上面盖一层鱼丸，汤很清，露出绿色的油冬菜叶子。

吃面的声音此起彼伏，不一会儿，碗就空了。两人的额头冒出一层密密的汗珠。

刚走出面店，史可为接到琳儿的电话，问他："你们到了吗？"

"到楼下了。"史可为说，"哪个包厢？"

"还是上次的208包厢。"

放下电话，丁大力"嘎嘎嘎"地笑起来，说："依我的经验，这个小妹对你有意，不要错失良机哦。"

"乱说。"史可为笑了一下，摇了摇头，看着他说，"你不是说，她预订包厢有提成吗，她给我打电话，当然是奔着提成去的。"

"哎呀呀！这你就不懂了。"丁大力摇了摇头，说，"KTV里小妹惯用伎俩是吊客人胃口，每次给客人一点甜头，让客人不断来她这里消费，她们虽然经过专门训练，不能跟客人动感情，可还是会有例外，会主动喜欢上客人，这时她们就会变得很主动，上次琳儿主动亲你，说明她对你动了心。KTV里有个规矩，小妹可以跟客人上床，绝不可以跟客人亲嘴，对她们来说，嘴和舌头才是通往心灵的窗口。"

"给你这么一说，好像我突然交了桃花运。"史可为摇了摇头，笑着对丁大力说，"我没这方面的想法，我也不是一个玩得起的人，今天答应琳儿来这里，只是为了排遣心理压力，没想要跟琳儿怎么样。"

"别说得那么认真好不好，人生在世要及时行乐，快乐胜过一切啊。"丁大力拍了拍史可为的肩膀说。

"我总觉得人生的痛苦多过快乐。"史可为说。

"想开一点儿，任何事情都有两面性，只要你跨出这一步，说不定会有意想不到的收获呢。"

"那你说说看，你跟林檬檬的交往有什么意外的收获？"

丁大力笑了笑，看了史可为一眼，说："我的收获可大啦。"

"你说，你说。"

"好，想听我就告诉你，我跟林檬檬来往一年了，我们是半包关系，有协议，我每个月给她一笔钱，她陪我睡觉，我不干涉她出来做事。"

"这就是你的收获？"史可为问。

"你听我说完嘛，"丁大力笑了一下，继续说，"我已经半年没给林檬檬钱了，不但没给，最近两个月厂里发不出工资，还是她拿钱给我救急，算起来，到目前为止，她给我的钱比我给她的多。"

史可为听得有点愣了，喃喃地说："真有这种事？"

"这可是我的亲身经历，怎么会假。"丁大力大声说。

"你这么一说，这个林檬檬倒让我肃然起敬了。"

"人生还是快乐多一点，就看你能不能抓住每一次快乐的机会。"

说着话，他们进了观月楼。

3

一个星期后，贸易公司员工下班半个钟头后，王志远终于出现了，史可为从守候的别克车里爬出来，偷偷跟进他的办公室。

王志远好像早就料到他的出现，笑了笑，让他随便坐。史可为在他办公桌对面的椅子坐下来。

王志远五十出头，身材魁梧，满头黑发，满脸红光，声音洪亮。他十七岁开始在社会上滚打，在做生意方面是史可为的前辈。这些年来，他对史可为比较照顾。史可为很尊重王志远，笑着说："王董，见您一面真是难哪。"

"小史啊，我知道你最近一直在找我。"王志远倒也坦率，他一开口，不知道的人以为是史可为欠他的钱。

“不到万不得已，我也不会来找您。”

“我理解你的难处。”王志远对他点点头，停了一口气，接着说，“但你也应该知道，我不是成心躲避你。”

“我知道，您犯不着成心躲避我。”

“你这么想我很欣慰。”王志远笑了笑，身体往椅子后仰了仰。

“我知道王董是做大事的人，您随便签一个单就能救我一命。”史可为说。

“这一次我真是遇到难关了。”王志远叹了口气，身体朝前靠了靠，看着史可为说，“去年下半年由美国次贷危机引发的经济危机爆发后，马上蔓延到欧洲，我公司产品主要出口欧洲，去年订单就减少了一半，到了今年，只剩下四分之一。订单少了倒是小事，最致命的是客户跑了，货款收不回来。我也想还你的货款，我这些天都在外面跑，跑银行，跑借贷公司，如果不想还钱，我跑什么？”

“我知道王董是不会抛下我不管的。”

“我拿什么来救你呢？”王志远叹了口气，“这些天，我几乎跑遍整个信河街，该找的人都找了，该想的办法都想了，大家都是泥菩萨过江。”

“不会的，我相信王董一定有办法，您是大能人，家大业大，随便调拨一下就能救活我这样的小工厂。”史可为知道王志远说的都是实情，但他不相信王志远已经到了山穷水尽的地步，他是信河街出了名的老江湖，肚子里有好几个算盘。他这家贸易公司的办公楼就值数亿元，听说他还有其他项目的投资，他鬼得很呢。

“小史啊，有办法早就想了，我又没有孙悟空的七十二变，能有什么办法呢？”王志远说着把双手一摊，闭上眼睛，停了一下，再睁开眼睛说，“如果说到被拖欠的货款，我要多你几十倍，可我向谁要去？”

“我知道王董这次损失严重，但凡还有一点办法可想，我也不会来找您。您也知道，如果我的眼镜厂破产了，我的下家眼镜配件厂也会破产，给眼镜配件厂供货的商家也会破产，倒下的是一大片。”

“大家的日子都不好过。”王志远摇了摇头说。

“我前天听说有个做打火机的老板在办公室上吊自杀了。”史可为故意这么说。

“我也听说了，这是何苦呢，车到山前必有路，没必要往绝路上走。”

“我倒是能理解他当时的心情，老实说，我也有过类似的念头。”史可为看着王志远说。

“你更不该有这样的想法，你还年轻，未来大有作为。”

“我实在是没办法，如果王董不帮我，从现在起，每时每刻跟着您。”

“你跟着我有什么用。”王志远的身体突然靠在办公桌上，声音高了起来。

史可为知道这句话起作用了，王志远急了，他看着王志远说：“我现在是有家不能回，每天被前来讨债的人堵在外面，随时都有生命危险。”

听完他的话后，王志远身体突然又朝椅子后仰了仰，摇了摇头说：“你这个小史啊，我真是拿你没办法。”

“如果能跟随在王董身边，也是我的福分。”

“让我再想想。”王志远闭上眼睛。

史可为不再开口，静静地等着。大概过了三分钟，王志远睁开眼睛看了史可为一眼，说：“钱确实是没有了，要不这样吧，”他又犹豫了一会儿，说，“我在外面还有一个西域葡萄酒公司，代理的是新疆葡萄酒，今年上半年生意不好做，其他股东都退出了，我把所有股份认下来，这批葡萄酒的品质好，价格也便宜，有很大的升值空间，可我又不能眼看着你破产不伸手，只好忍痛把这批葡萄酒转让给你。”

这大大出乎史可为的意料，他要那么多葡萄酒干什么？可是，他知道没选择了。想了一下，他问王志远：“谢谢王董的关心，我拿那么多葡萄酒怎么办呀？”

“卖掉呀。”王志远看了他一眼说，“我当时跟新疆葡萄酒总公司签过一个协议，公司派了一支表演队来信河街做促销，我把这支表演队也转让给你。”

史可为对酒类市场情况一无所知，但能够拿到葡萄酒，总比什么也没拿到强，于是，他问王志远说：“我能不能去看一下葡萄酒？”

“当然可以，我现在就可以带你去。”

他们出了王志远办公室，朝西走过一条大街，拐进一条叫大士门的街道，走了五十米左右，到了一个名叫得胜花园的住宅区。王志远带他进入地下车库，来到一个被隔开的仓库前，王志远掏出钥匙，把门打开，一股冷气扑面而来。

“酒库里常年开着空调，维持在 12 摄氏度左右。”王志远说着把灯打开。

史可为看见堆得满满的一仓库的葡萄酒。

“仓库里有 8000 多箱西域葡萄酒，5 万多瓶，每瓶按进价 60 元算，有 300 多万，超出我公司拖欠你的货款。”王志远看了看史可为说。

从地下车库出来，王志远很熟练地带史可为来到得胜花园四组团五幢 301 室，他敲了敲门，里面一个女人的声音问：“谁呀？”

“我，王董。”

过了一会儿，门开了，一个高鼻梁蓝眼睛棕色头发的高个子女人站在门后，她笑着跟王志远打招呼："王董好！"

"玛利亚，你们在干什么？"

"我们刚吃过晚饭。"那个叫玛利亚的女人看看王志远，又看看史可为说。

史可为觉得她的普通话很标准。

"不邀请我进去吗？"王志远问。

"当然欢迎，你们进来吧。"玛利亚笑着侧过身子，让王志远和史可为进来。

进来之后，史可为发现屋里还有两个人，站在左边的那个女孩个子比玛利亚高出半个头，脸部的线条比玛利亚柔和一些，抿着嘴，半低着头，看人时，只用眼神瞟一下，站在右边的女孩应该更年轻，跟玛利亚差不多的个子，也是高鼻梁蓝眼睛，她有一头黑发，一张白葡萄一样的圆脸，皮肤又白又细，像被雪水洗过，她的眼睛又大又亮，好奇地看看王志远，又看看史可为。

"我今天来，是给你们介绍一个人。"王志远指了指史可为，对她们说，"我的西域葡萄酒公司就转让给这个人了，从明天起，他给你们发工资。"

"你们好，我叫史可为，历史的史，可以的可，为人民服务的为。"

"王董把我们转手卖掉，也不事先打个招呼。"玛利亚笑着说。

"我这不是来跟你们商量嘛。"王志远说，"你不知道，我是多么舍不得你们啊，可我欠了史老板的货款，只好把葡萄酒转让给他。"王志远夸张地拍了拍玛利亚的肩膀，转头看了看史可为，又对她说，"这个史老板人很好，把你们交给他，我很放心。"

"以后请史老板多关照我们。"玛利亚笑着对史可为说。

“叫我史可为就行。”史可为看出来玛利亚是三个人里的头头。

“这个叫古兰丹姆。”玛利亚指了指那个高个子女孩说。

“你好。”史可为对她点点头。

“你好。”她弯了一下腰，瞟了一眼，也赶紧点点头。

“这个叫塔西娜。”玛利亚指着圆脸女孩说。

“你好。”史可为对她点了点头。

她瞪着大眼睛，看着史可为，笑着说：“你的名字真的叫史可为?”

“怎么了?”

“我给你取个维族的名字好不好?”

“嗯?”

“塔西娜，别捣蛋。”玛利亚喝了一声。

塔西娜朝史可为吐了下舌头。

4

办妥转让手续，已是第二天下午，史可为给丁大力打了一个电话，丁大力说：“你不是开玩笑吧?”

“我没开玩笑，给你打电话，就是想跟你一起做这个生意，用我拖欠你的货款入股，你拥有西域葡萄酒公司一半股份。”史可为说。

“这倒是个好主意。”丁大力在电话那头哈哈大笑起来，笑了一会儿，他接着说，“这么多葡萄酒，我们两个人得喝多少年啊?”

“不是我们两个人喝，而是要把这批葡萄酒卖给别人喝，把钱赚回来。”史可为说。

“你想钱想疯了，这么多葡萄酒怎么卖?”丁大力说。

“你忘了我原来在大学是教市场营销的吗?”史可为对电话那头的丁大力说，“我昨天晚上安排了一个计划，我们现在没钱做宣传，只能用最古老的办法：上门推销——你负责把葡萄酒打进信河街各个KTV，我负责进攻各个酒店，我有个高中同学在税务稽查局，负责查各个酒店的账，找他出面，说不定有用。”

“KTV怎么推销？”丁大力问。

“你可以先找他们老板，老板同意让我们的葡萄酒进场后，再找领班，让她们发动手下的小妹，卖出一瓶葡萄酒，她们可以抽取提成。”

史可为的话还没说完，电话那头的丁大力已经笑成一团：“这个我内行。”说完他又笑，笑完了说，“操，真是小看你了，以前一直以为你是正人君子，没想到你把主意打到KTV的小妹身上来。”

“我这也是被逼的。”史可为说。

“我无所谓，反正每天泡在KTV里，算是一举两得。”停了一下，丁大力说，“对了，琳儿这两天有找你吗？”

“她前天给我打过一个电话，叫我去观月楼，我没去。”

“她昨天交代我，叫我晚上约你去观月楼，咱们顺便去谈葡萄酒的事。”

“可我手头还有一大堆事情呢。”

“还有什么事情？”

史可为就把三个前来推销葡萄酒的新疆女孩跟他说了，丁大力一听，马上在电话那头跳起来说：“还有这样的好事。”

停了一下，他又说：“那三个姑娘不会飞走，咱们晚上还是先去观月楼，我看得出来，琳儿那个小妮子喜欢上你了。”

史可为见丁大力这样说，没有再推辞，约好晚上7点观月楼碰头。史可为答应丁大力去观月楼，多少有点逃避的味道——滚他娘的蛋，先去玩了再说。

史可为在车里给税务稽查局的同学王贤良打了一个电话，把葡萄酒的事情跟他说了。王贤良是他高中同桌，现在是税务稽查局一个科长，毕业后一直有来往，史可为办眼镜厂后，碰到税务方面的事都是他出面摆平，他答应尽量帮史可为跟酒店的老板打招呼。

史可为到观月楼 KTV 已是晚上 7 点半，一进去，看见丁大力半躺在沙发上对他挥挥手，做出胜利的手势。

林檬檬站起来，迎着他说："史哥您来啦。"

"对不起，迟到了，晚上我请客。"史可为说。

琳儿看见他进来，对他浅笑一下，默默地坐在一边。

"我跟这里的老板说好了，我们的葡萄酒明天就可以进场。"丁大力看着他说。

"他们每瓶抽取多少提成？"史可为问。

"这个倒没说。"丁大力摇了摇头说，"这里的老板是我哥们儿，一口就答应了。"

"KTV 的提成是一定要给的，领班的提成也要给，晚上咱们把这事定下来。"史可为看了看丁大力，"你跟林檬檬说这事了吗？"

"大力跟我说了。"林檬檬接口说，"只要老板同意，我这里没问题，不过，我们这里有三个领班，我还要跟另外两个商量一下。"

"你们谈，我找琳儿玩。"丁大力起身走到另一张沙发找琳儿玩骰子。

"大力是个没心没肺的人。"林檬檬看了丁大力一眼，笑着对史可为说。

史可为知道丁大力粗中有细，他看了看林檬檬说："你觉得客人在这里消费掉一瓶葡萄酒，你们提成多少合适？"

"这个史哥您定就是了。"林檬檬笑着说。

"你不用客气，这也不是你我两个人的事，另外，你们还要给坐台小妹提成。”

“那倒是的，说一句不应该说的话，这里小妹拿喝酒的提成，都是拿命拼来的。”

最后，根据林檬檬的意见，史可为把每瓶葡萄酒定价为 258 元，利润分成三份，KTV 老板一份，领班和坐台小妹一份，剩下一份归史可为和丁大力。

“我马上跟另两个领班碰个头。”林檬檬说完就出去了。

丁大力也站起来对史可为说：“我出去看一下林檬檬。”

史可为知道丁大力借口出去的目的，他看了看琳儿，她低着头，摆弄手里的骰子，史可为走过去，在她身边坐下来，问她：“你不唱歌吗?”

她摇了摇头。

“喝点啤酒吧。”

她看了史可为一眼，站起来开了一瓶啤酒，给他面前的杯子倒满酒，史可为这时才发现，她晚上没化妆，脸色有点白，便问她说：“不舒服?”

她摇了摇头，把头低下去。

“怎么了?”史可为问。

“我发觉自己爱上你了。”停了一会儿，她抬头看了看史可为说。

“你傻呀。”史可为觉得她在开玩笑，端起酒杯，说，“来，我们喝酒。”

“我说的是真的。”琳儿抬头看着他，脸憋得通红。

“怎么会呢?”史可为看出来她不像在开玩笑，可他觉得这事不可能。

“我也不知道为什么，自从第一次看见你后，这几天脑子里都是你穿牛仔裤和格子衬衫的样子，一闭上眼睛，就看见你在对我笑。”琳儿又把头低下去。

史可为不知道该说什么。

“你觉得我是不是很傻?”过了一会儿，她抬头问。

史可为还是不知道说什么好。

“总想给你打电话，又不敢给你打电话，想见你，又怕见你。”

史可为有种不真实的感觉。

“你给我三个月时间好不好，三个月后，我就离开信河街，以后再不回来。”

“这样有用吗?”史可为说。

“我也不知道。”琳儿摇摇头说。

5

第二天，丁大力跟着史可为去了一趟得胜花园。他们叫了一辆小货车，在地下仓库装了一百箱葡萄酒送到观月楼 KTV。在装葡萄酒过程中，丁大力一直站在仓库门口，史可为叫他进去看一看，他把脖子伸进去，相当潦草地瞄了瞄，马上缩回来，说：“蛮好的，蛮好的。”

“你看都没看，怎么就知道蛮好?”史可为说。

“哎呀呀！你看过的货，我还能不放心。”丁大力咧嘴笑起来，“再说，葡萄酒千篇一律，有什么好看，当然是美女有看头。”

上午十一点一刻，他们敲开四组团五幢 301 室的门。还是玛利亚来开的门，史可为说：“没有打搅你们吧?”

“没事，我们正在做饭。”玛利亚说着，把他们让进屋里。

进屋后，玛利亚对古兰丹姆说：“古兰丹姆，给客人泡茶。”

塔西娜正在客厅的一面衣镜前梳辫子，见史可为进来，对他吐了吐舌头，没有回避的意思。玛利亚指着她，笑着说："你这个死蹄子，客人来了都不知道害羞。"

"没关系。"史可为制止玛利亚说，"我们现在是一家人了，不用刻意回避什么。我今天来，主要是带一个朋友来看望大家，他叫丁大力，是我的好朋友，是我们两个人把这批葡萄酒盘下来的。"

"你们好，史可为已经把你们的名字告诉我了，我叫丁大力，甲乙丙丁的丁，大小的大，力气的力，又好记，笔画又少。"说着，丁大力伸手摸了摸口袋，又打开手提包翻了翻，突然笑起来说，"对不起，这次来得匆忙，没给你们带见面礼，下次一定补上。"

"你力气很大吗?"塔西娜抬头问丁大力。她的普通话说得不连贯，每个字都用翘舌音。

"嗯?"丁大力愣了一下，但他马上就明白过来，握了握拳头说，"是的，我力气很大的。"

"我看不像。"塔西娜咯咯咯地笑起来，摇了摇头说，"看你细胳膊细腿的，瘦得像只猕猴。"

"没礼貌。"玛利亚说。

古兰丹姆把泡好的两杯茶端过来，无声地递给史可为和丁大力。

"这茶是用我们天山雪菊泡的，你们尝尝。"玛利亚说。

史可为发现丁大力一直盯着古兰丹姆看，似乎眼睛里要伸出一只手来，看得古兰丹姆的头越来越低，连脖子都红了。史可为故意咳嗽了一声，对丁大力说："喝茶，喝茶。"

丁大力这才接过古兰丹姆的茶。

史可为是第一次喝雪菊茶。看颜色，有点像红茶，几颗花蒂漂在上面，花瓣则沉入杯底。闻一闻，有植物的清香，还掺杂着一丝中药味道。刚入口，有股青涩味，入口后，向两腔侵去，迅速化开，又有甜甜的回味，进入喉咙后，整个身体缓慢暖和起来。

丁大力喝了一口茶后，转头去看她们准备的午餐，玛利亚介绍说：“今天我们打牙祭，做了一个新疆名菜——大盘鸡，如果你们不嫌弃，就留下来和我们一起吃。”

丁大力说：“下次我带你们去吃海鲜，信河街的海鲜产自东海，肉质鲜嫩天下第一。”

“说话要算数。”塔西娜插嘴说。

“我说话当然算数。”丁大力说。

“我们实在没什么好吃的拿得出手。”玛利亚说。

“大力不是这个意思。”史可为赶紧打圆场，并且马上转移话题，“我们这次来，一是见个面，二是想征求下你们的意见，接下来的工作怎么开展。”

“我们也想早点出去工作。”玛利亚看了看古兰丹姆和塔西娜，又看看史可为和丁大力，说，“王董接手整个西域葡萄酒公司后，我们就没出去工作了。我们也不想这样，葡萄酒推销不出去，我们每天在这里干耗，想回新疆又回不去，总公司的人说我们推销不利。”

“没事的，我这两天就会谈妥酒店，你们马上就可以工作。总公司那边我昨天也跟王董对接过了，这点你们放心。”史可为说。

“这段时间，我们什么也没做，虽然每月都拿到工资，心里却很不是滋味。”玛利亚说。

“我能理解。”史可为说，“我下午就去联系酒店。”

“既然玛利亚诚心邀请，我们中午就在这里吃吧。”丁大力一点想走的意思也没有。

“下次吧，手头还有很多事呢。”史可为知道玛利亚是客气话，他心里比玛利亚更焦急，想尽快把工作铺开来。说完之后，用力把丁大力往外拉。

“既然这样，下次我来请客。”丁大力一边往外退一边说。

“说话不算数是小狗。”塔西娜已经把头发梳好，盘在头顶上。

“我一定算数的。”丁大力拍拍胸脯说。

出了她们家，丁大力看着史可为说：“你不够朋友。”

“我怎么不够朋友了？”

“你把三个绝色美女藏起来了。”

“现在不是带你来了吗？”

“你应该第一时间带我来的。”丁大力装出很生气的样子，然后回头看看刚出来的地方，叹了口气，“天下怎么会有这样的绝色美女呢？”

史可为知道他指的是谁，拉住他正色地说：“这是做生意，你不要乱来啊。”

丁大力看了他一眼，突然哈哈大笑起来说：“哎呀呀！那你跟琳儿就不做生意了？”

史可为一时语塞。过了一会儿，他缓缓地说：“我也不知道怎么处理才好。”

“你放心，这种事，我比你内行。”丁大力笑嘻嘻地说，然后又点了点头，对史可为说，“这次不在她们这里吃饭也好，以后有的是机会。咱们找一个地方吃饭去。”

“你早上不是说跟林檬檬约好一起吃中饭吗？”史可为说。

“你看我的脑袋，转身就把这事忘了，但跟林檬檬约好吃饭也不算什么事，还是我们一起吃有意思。”丁大力笑着说。

“下午要去谈事情，中午不能喝酒。你还是去跟林檬檬吃吧。”史可为说。

“那好吧。”丁大力说。

他们在得胜花园门口分手，丁大力的三菱越野开得凶，油门一响，车蹿出去，一会儿就不见了。

6

那天下午，史可为去了一趟王贤良的办公室。

“你怎么电话也不打一个就来了?”王贤良抬头看见他，慢悠悠地说。

在史可为的印象里，从读书开始，王贤良就是这个性格，参加班级的长跑，他也是一个人慢悠悠地跑在最后面，女同学一个又一个地超过去，他的步伐没变。他的身材也没变，以前就是瘦高个，现在还是，手长脚长，站起来像竹竿一样。他是个白面书生，戴一副金丝眼镜，脸更显得白。史可为见他这么问，接口说：“我这不是焦急嘛，再说，这么大的事，只跟你通个电话，显得不够隆重。”

“看来你这次确实焦急，嘴唇都起泡了。”王贤良笑着说。

“急火攻心。”史可为说，“你想想看，五万多瓶葡萄酒存在仓库里，是我全部身家。”

“这次急也没用。”王贤良看了他一眼说，“我昨天找了几个信河街高档酒店的老板，这次经济危机，对酒店的影响也很大。”

“高档酒店也有影响?”史可为惊奇地问。

“这你就不懂了吧，”王贤良笑着说，“高档酒店的主要客户是大企业的老板，这些老板要么宴请政府官员，要么宴请各个管理部门，要么宴请银行领导，要么是老板之间应酬。经济危机一来，老板们躲的躲，逃的逃，还在坚持的也不敢去高档酒店。”

史可为一听，心凉了一半，看着王贤良，一时说不出话来。

“我后来了解过，像你目前这样的情况，也不适合将葡萄酒推销到高档酒店里。”王贤良对他说。

史可为又不懂了。

“大凡高档酒店，门槛都很高，所有的酒水都要进场费。”

“需要多少进场费？”

“信河街的规矩，五星级的酒店是五十万，四星级四十万，三星级三十万。”

“他妈的，这也太黑了吧。”史可为一听，倒吸了一口气，他哪里拿得出这么高的进场费。骂了一句粗话后，他摇了摇头。

“也不是一点可能没有。”王贤良看着他，笑着说。

“还有什么办法，你说说看。”史可为的胃口又被他吊起来了。

“我手头正在查唐人街大酒店的账，是一家四星级酒店，老板姓李，很早就认识了，多次邀请吃饭，我都没去，今天是最后一天，肯定还会找我，到时我给你说说看，能不能免费进场。”王贤良说。

“那真是太好了。”史可为说。

“可这是有代价的。”

“什么代价？”

“我让他免了你的进场费，他肯定让我减免税收。”

“那你怎么办？”

“谁叫我们是同学，为难也要做。”

王贤良正说着，放在桌上的手机响了，他拿起来看了一下，又放下。

“怎么不接？”史可为问。

“说曹操曹操到。”王贤良指了指手机说。

“那你怎么不接？”史可为问。

“再等等，他还会打来的。”王贤良笑着说。

王贤良的话音刚落，手机铃声果然又叫起来，王贤良对史可为笑了一下，拿起手机，轻轻地说：“李老板啊，不好意思，刚才跟领导通电话。”

“我知道王科长日理万机，没别的事，就是想请您吃顿饭，不知晚上有没有空。”李老板在电话那头说。

“晚上单位有个重要接待，不能请假。我们都是老朋友了，吃不吃饭感情都在那儿。”

“那是那是，我就是想见见王科长，当面聆听您的教诲。”

“不敢当，李老板的心意我心领了。”

手机那头停了一会儿，接着又小心翼翼地说：“我还想向王科长打听一件事。”

“你说吧。”王贤良一边说，一边对史可为眨了眨眼睛。

果然，手机那头的李老板问他说：“我酒店的账查得怎么样了？”

“问题不小，但最终的结果还没出来，我的同事还在加班加点，有结果我会及时通知你。”王贤良说。

“谢谢王科长，请您多关照。”李老板说。

“我也知道做企业不容易。”王贤良说。

“有王科长这句话，我就放心了。”李老板说。

“哦，对了。”王贤良像突然想起一件事似的，“前几天有个做葡萄酒生意的朋友问我，想进入你的酒店，不知有什么要求？”

“没有要求，您叫您朋友直接来找我就行。”李老板说。

“有什么要求你只管跟我朋友说，不能让你的酒店吃亏。”王贤良没有松口。

“我知道，您叫您朋友来找我，下午都在酒店里，我会安排好的。”李老板的口气好像生怕王贤良反悔了。

“那就谢谢李老板了，有事我们再联系。”

“应该是我谢谢王科长才对，您给我介绍了生意。”

挂了手机后，王贤良看了看史可为，笑了笑说：“我这是舍大家为小家啊。”

“我们是老同学，有一句话说出来你不要见怪。”刚才的对话听得史可为心惊胆战。

“你说。”

“刚开始我觉得信河街的高档酒店黑，现在我觉得你们这样的单位才是真正的黑。”

“这话怎么说?”王贤良一点恼怒的意思也没有。

“就拿我做眼镜厂来说吧，你们税务部门从来不说清楚哪些必须报税，哪些不需要报税。”史可为说。

“这个你们做企业的应该清楚啊。”王贤良笑着说。

“我们当然清楚，问题是你们比我们更清楚。但站在我们做企业的角度，当然是报得越少越好，可你们都是睁一只眼闭一只眼。”

“这不是为你们企业着想吗?”

“不是的。”史可为说，“我后来才明白这是你们故意设置的陷阱，让企业留下一些漏洞，等于尾巴被你们踩住，你们就能把企业控制在手心中，想让活就活，想让死就必须死。”

“从你的话里听出来，对我和我们的行业有很大的仇恨。”王贤良笑着说。

“我对你们的行业有仇恨，但对你没仇恨，你帮了我那么多忙，我想感激还来不及呢。”被王贤良这么一说，史可为也笑了起来。

“你看，也不用太悲观，我们行业里不是还有像我这样的好人的嘛。”王贤良从座位里站起来，拍了拍史可为的肩膀，接着说，“你先别想那么多，现在的任务是去找唐人街大酒店的李老板，把葡萄酒推销出去。”

史可为心情复杂地离开王贤良，直接开车去唐人街大酒店。他到酒店的停车场，给李老板打了一个电话，说是王贤良科长介绍过来的。对方很客气地说自己在办公室。史可为到了他的办公室，看见一个方头大耳的胖子，短身材，远看像个球。他给史可为让座后，递过来一张名片，史可为看了看，名字叫李使命。史可为抬头看了看他，下巴右边有颗黑痣，长着一根很长的毛。

因为有王贤良的交代，接洽异常顺利，史可为把葡萄酒的情况跟他一说，他捋了一下下巴上的那根长须，说：“我知道，你说的就是王志远原来的公司。”

“你们认识？”史可为问。

“我们以前合作过生意，后来分开了，他为葡萄酒的事找过我，后来嫌进场费太贵没进来。”李使命说。

“我也觉得进场费太高，付不起。”史可为说。

“王科长交代了，你的情况特殊，进场费就免了。”李使命挥了挥手说。

“那真是太感谢李老板了，”史可为停了一下，又说，“酒店提成多少还要李老板确定一下。”

“没事的，你定就是。”李使命说。

“葡萄酒的进价是 60。我计划在你的酒店卖 188 一瓶，我得 100，88 归你，这样行不行？”史可为昨天了解过，酒店还是拿大头。

“没事，你定就是。”李使命笑着说。

“那就这么定了。”史可为说，“还有一个新疆的表演队每天晚上会来你这里推销葡萄酒。”

"这个形式好。"

"下午先运一百箱过来。请你交代餐厅经理，让服务员多推销我的葡萄酒。"

"没问题，我马上就交代下去。"

"我现在马上回去准备。"史可为站起来跟李使命握手告别。

李使命客气地送到门口，拉着他的手说："以后还要请你在王科长面前多替我美言。"

"一定，一定。"

史可为知道，他什么感谢的话也不用说，王贤良不是说了"舍大家为小家"吗，估计就是给他减税了。

7

从唐人街大酒店出来后，史可为开车到得胜花园的四组团五幢301室，跟玛利亚她们说了晚上表演的事，她们欢叫了起来，玛利亚问去唐人街的路怎么走，史可为想了一下，说："晚上我送你们过去。"

"这怎么好意思。"玛利亚说。

"没关系，你们第一次去，人不熟，到了酒店也不知道找谁。"

"你就让他当一回护花使者嘛。"塔西娜笑着对玛利亚说。

"还把自己当花了呢，你这个不知羞耻的小蹄子。"玛利亚笑着回了一句。

古兰丹姆伸手捂着嘴，转身过去，笑得肩膀一抖一抖。

史可为觉得她们三个各有各的可爱，他来了几次，一次比一次喜欢这个地方。特别是塔西娜，简单得近乎透明。见她们拌嘴，他也笑了起来，说："以后我就当你们的司机好了，随叫随到。"

"你说话可要算数。"塔西娜马上看着他说。

“小蹄子越来越像猕猴，见树就往上爬，客气话也听不出来。掌嘴。”玛利亚做出要打她嘴巴的姿势。

塔西娜远远跑开，躲在古兰丹姆身后，伸出脑袋，盯着史可为说：“说话算数哦。”

“算数的。”史可为点点头，笑着说。

从301室出来后，史可为叫了一辆货车，运了一百箱葡萄酒到唐人街大酒店。办理好所有的交接手续，已经下午六点一刻，史可为就在路边找了一家鱼丸店，叫了一碗鱼丸面。在等面的空隙，他给陈珍妮打了一个电话，说了今天的经历。陈珍妮说万事开头难，能谈下一家四星级酒店已经很不错。陈珍妮在大学里也是教营销，对市场有所了解。

吃完面后，史可为马不停蹄地赶到得胜花园，到了301室，看见的是另一番景象，她们穿上民族服装，颜色鲜艳又浓烈，特别是塔西娜，她皮肤白，穿上大红色的民族服后，衬得皮肤更白，脸蛋白里透红，两只眼睛显得更黑更深，有一股摄人魂魄的力量。

“没见过吧。”塔西娜笑着对他说，接着，她做了一个舞蹈的动作，右手举过头顶，左手朝下，身体扭成“S”形，在他面前转了两圈，衣服上的挂饰飘起来，发出一阵“叮叮当当”的声音。

史可为转头去看古兰丹姆，她手里拿着两个木勺，见史可为眼睛转过来，脸颊一红，不好意思地转过身去，留下一个修长而婀娜的背影。

玛利亚化了妆，眼神里流露出自信和自豪，自有一种成熟之美。她手里拿着一个小鼓，鼓的四周挂满铁片，一动起来，发出“叮叮当当”的声音。她对史可为笑了笑，也转了个身，说：“还可以吗?”

“太美了。”史可为感叹道。

玛利亚转身去储藏室拿来两瓶西域葡萄酒，放进包里。史可为问她说：“你带葡萄酒做什么?”

“按照规矩，每一个包厢表演完后，要敬一杯酒，一方面是对客人的尊敬，另一方面也能推动酒的销量。”玛利亚说。

“要敬酒也不用你自己带，酒店里有我们的酒。”史可为说。

“那不一样的。”玛利亚笑了笑说，“酒店里是你的酒，我带的酒是总公司专门发来的，是工作用酒。”

这让史可为大大地意外了。

“出发咯。”塔西娜喊了一声，跳起来，到了史可为身边，伸手挽着他的胳膊，笑着往外走。

到了楼下，来到史可为的车边，塔西娜打开后座的门，让玛利亚和古兰丹姆坐进去，她坐在副驾驶座，坐好后，用手一指前方，对史可为说：“目的地——唐人街大酒店，走。”

史可为油门一踩，出发了。

晚上7点，史可为将她们送到唐人街大酒店，把她们交给餐厅经理，经理告诉他，晚上一共有五十个包厢的客人，服务员向客人大力推荐了他的西域葡萄酒，有二十个包厢的客人点了他的葡萄酒。他把这个情况跟玛利亚说，玛利亚说：“先从点了我们葡萄酒的包厢开始表演，没有点我们葡萄酒的包厢也要去，让客人知道这个牌子。”

“当然好。”史可为看了看她们说，“只是太辛苦你们了。”

“我们就是来做这个工作的嘛。”玛利亚笑了一下，转身对塔西娜和古兰丹姆说，“开始工作。”

史可为站在餐厅门口，看着她们三人进去，塔西娜转过身来，看着他说：“你会在这里等我们吗？”

史可为点头说：“会的，表演结束后送你们回去。”

她们进去后，史可为先在餐厅的休息区坐了一会儿，经理给他泡了一杯茶。坐了一会儿，他回到车里，车里太热，他发动车子，开了空调，把座位放平，躺了下来，闭上眼睛，可怎么也睡不着。又坐起来，熄了火，回到餐厅休息区。

在餐厅休息区坐了一会儿，把杯子里的茶喝干，去边上的饮水机里加满。史可为还是坐不住，站起来，朝包厢走去。他一个包厢一个包厢走过去，包厢都有两个门，一个大门是客人进出，小门服务员走，上菜也走小门，大门关着，能从小门听见包厢里的说话声和笑声。

到了一个包厢门口，史可为听见里面传出击鼓和铃铛声。他站在小门外听了一会儿，朝里面伸了伸脑袋：玛利亚拿着小鼓，站在包厢一边，她一边击鼓，一边观察着包厢里所有人，她的鼓声是节奏，更是命令。古兰丹姆站在玛利亚边上，手拿木勺，跟随玛利亚的节奏，发出应和的伴奏声，她的主要任务是唱歌，唱的是维吾尔族语。史可为听不懂，可那调子很优美，声音扭来扭去，出其不意，古兰丹姆平时不大说话，声音却是又高又亮，高上去时也很婉转，亮起来后透着甜美，像瀑布一样流淌。三个人里，塔西娜才是主角，她负责跳舞，随着鼓声和铃铛声，她扭动身子，围绕着餐桌，在包厢里飞旋。她一边跳着舞，一边用眼神跟客人交流，脸上堆满笑容。

一曲结束，客人一片叫好声，叫她们再来一曲。玛利亚拿出自己带来的葡萄酒，倒了一杯，敬了客人，她说还有其他包厢要表演，等她们演完后，可以再回来给他们演一曲。她希望客人多尝尝她们的西域葡萄酒，是用她们新疆最好的葡萄酿的，喝得再多也不上头。

史可为不想让她们看见自己，她们出来前，他躲到一个空包厢里，等她们进了下一个包厢再跟过去。

一圈表演下来，用去三个钟头。有些包厢的客人已散去，有两个包厢的客人还在等，叫服务员来催玛利亚她们再去表演节目，玛利亚领着古兰丹姆和塔西娜又去了。

一直到夜里 11 点表演才完全结束。史可为去收银台了解了一下，共卖出十箱葡萄酒。是个不俗的成绩。

回到车里，史可为见玛利亚带去的两瓶葡萄酒不见了，他看了看玛利亚说："两瓶葡萄酒都喝光了？"

"她的酒量好着呢，喝四瓶都没问题。"塔西娜插嘴说。

"小蹄子，再多嘴，下次让你来敬酒。"玛利亚笑着说。

"我来敬酒也可以，喝醉了谁来跳夏地亚娜？"塔西娜不甘示弱。

"你以为就你能，我让古兰丹姆来跳。"玛利亚威胁她说。

"那让谁来唱歌呢？"一说完，塔西娜就咯咯咯地笑起来。

玛利亚也跟着笑起来，古兰丹姆用手捂住嘴，哧哧地笑。

8

史可为原来把目标定在各个大酒店，现在知道不现实。后来，他想了一个办法，列出一个喜欢喝酒的朋友名单，联系好后，送酒上门给他们试喝。有一个办眼镜配件厂的朋友喝后觉得好，向他买了五十箱，但他只是个例。

史可为只好另寻办法，把目标瞄准信河街几十家经济型酒店。

他跑了一个星期，这些酒店的老板要么根本不见，要么见了面后开口就是进场费。史可为对他们说，他没办法付进场费，但可以让酒店拿更高的提成。所有的老板都是一个口径：没有进场费，一切免谈。

史可为还计划把葡萄酒推销进超市，他到超市里一打听，进场费比五星级酒店还要高。

多次碰壁后，陈珍妮给他出了一个主意，她说："你为什么不去排档试试？"

"吃排档的人会喝葡萄酒吗？"陈珍妮说的排档他知道，每年夏天一到，信河街的排档就流行起来。他就是排档的常客，平时以喝啤酒为主。

“去试试看嘛。”陈珍妮鼓励他说。

史可为一想也是，到了晚上，他开着车去了。排档分布在江滨路，靠着瓯江，再往东就是东海的入海口，夏天能吹到海风。这一带是信河街的老城区，原本就是居民吃夜宵的所在。早几年城市改建，拓宽了江滨路，修了景观带，一到夏天晚上，来这里消遣的人更多，排档蓬勃生长起来。城管原来也管过，排档跟他们打起游击战，后来管理办法有所改进，所有排档统一登记办证，购买统一帐篷和就餐用具，规定营业时间为每晚的 8 点到次日凌晨两点半。

见大排档的老板就容易多了，如果不出意外，他们都是老板兼厨师。无论走进哪家排档，只要看见一个脱光了上身的胖子，肩膀上披着一条湿毛巾、头上不忘歪戴着一顶白色的厨师帽、一边站在锅炉前炒菜、一边指挥服务员招待客人的那个人准是老板，其中有几个跟史可为是老相识。

史可为跟老板说了此行目的、想法和分成，老板拿湿毛巾擦着脸上的汗，看着史可为说，试试可以，我也不知能不能卖得动葡萄酒。当史可为说还有表演时，老板马上点头说，这个好，这个好。

大排档的老板对葡萄酒的销售情况心里没底，史可为更没底。另外，他也担心玛利亚她们不愿意到大排档演出，这种场合什么人都有，什么事情都做得出来，不过，玛利亚一口就答应了。得到玛利亚同意后，史可为就给各个大排档发货。

谈下大排档后，史可为把玛利亚她们的演出时间分为两场，上一场在唐人街大酒店，时间从 7 点到 10 点半，下一场在江滨路大排档，时间是 11 点到凌晨两点半。从那以后的每天晚上，史可为成了她们真正的专职司机，她们演出，史可为尽量跟在身边，在唐人街大酒店的包厢里他没法进去，到了江滨路大排档，他就作为工作人员跟在边上。

经过十天的推销，唐人街大酒店的葡萄酒从最开始每晚六十瓶，上升到九十瓶，客人喝后反馈不错。大排档因为是刚开始，虽然这里的客人以喝啤酒为主，但只要玛利亚她们去表演，客人也会买一两瓶尝尝，有的甚至干脆改喝葡萄酒。也有客人喝了觉得不错，给史可为留了地址和电话，叫他明天送货上门。

跟史可为这边相比，丁大力那一边的推销更顺利一些，多家 KTV 进了他们的葡萄酒。这全亏林檬檬的帮忙，她有很多姐妹在信河街各家 KTV 里做领班，推销起来很卖力。半个月后，他们统计了一下数字，史可为这边推销出一千五百多瓶，丁大力那边卖出两千来瓶。

这十五天里，史可为跟丁大力没见过面，跟琳儿倒是见过一次。

那是玛利亚她们去唐人街大酒店上班的第四个晚上，琳儿说想见他一面。史可为把玛利亚她们送进包厢后，开车来到观月楼 KTV。他把车停在路边，只一会儿，琳儿红着脸，快速地跑出来，一进来就钻进史可为怀里，她对史可为说："我这是串台呢。"

"什么叫串台？"史可为一时没听明白。

"我正在里面坐台，中间偷偷跑出来会情郎。这就叫串台。"她捧着史可为的脸用力地揉了揉。

"你好像喝了不少酒。"

"是你的葡萄酒啊，能喝多少就喝多少。表姐还教我一招，客人喝得差不多的时候，可以偷偷把酒倒掉。"

"你表姐这招挺损。"史可为说。

"我酒量还可以，从来没倒过。"

"这样做不好，倒掉多可惜，再说，让客人知道了，会出事情的。"

“我知道，我不倒。”说着，琳儿亲了他一下，说，“不能再待了，里面的客人会有意见的。”

“你进去吧。”

她又亲了一下史可为，爬出车子，对史可为挥挥手，跑进观月楼。

史可为看着她跑进去，又在车里坐了一会儿。然后发动车子，赶紧朝唐人街大酒店开。

9

一个月过去，史可为结了一次账，一共卖出一万瓶葡萄酒，刨掉提成，他跟丁大力每人分了三十万。

结账第二天，丁大力给史可为打电话，没头没脑地问他说：“我对你怎么样？”

“什么怎么样？”史可为没听明白。

“就是你觉得我做人够不够朋友，对你够不够好？”

“当然好。”

“可我觉得你不够朋友。”

“我怎么了？”史可为心里一惊，脑子快速转动，是不是做出什么对不起丁大力的事了，他没想起来，只好说，“我是不是做出不妥的事了？”

“是的。”丁大力说。

“我真想不起来什么事，你能提示一下吗？”

“好吧，我提示你一下。”丁大力说，“作为朋友，是不是要有福同享有难同当？”

“是的。”

“你觉得我做到了吗？”丁大力又问。

“你做到了。”史可为说。

“那你呢?”

史可为突然明白过来了，丁大力说的肯定是约玛利亚她们喝酒的事，他说了很多次，史可为一直没动。一想明白后，他不禁在电话里头微笑起来，他知道丁大力的性格，反而不着急了，悠悠地说：“我觉得我也做到了。”

一听他这么说，丁大力就急了，说：“你说得出口?”

“那你说说看，我哪里做得不好了?”

丁大力更急了，粗着嗓子说：“你这个重色轻友的家伙，还好意思问。”

“我怎么重色轻友了?”史可为故意逗他。

“你一个人整天跟三个美女泡在一块儿，不给我一点儿机会。”丁大力终于把想说的话说出来了。

史可为笑起来说：“这段时间不是忙嘛，现在慢慢走上轨道了，我马上安排。”

“不是马上，而是立即。”丁大力说。

其实，史可为早有这方面打算，玛利亚她们辛苦了一个月，每天表演到凌晨两点半，史可为除了给她们每人发了两千元的奖金外，也想犒劳她们一下。她们晚上要演出，只能选择白天，史可为知道她们来信河街这么长时间，还没出去玩过，决定带她们去一趟江心屿，中午在那里烧烤野餐。史可为告诉她们，江心屿是东海入口处的一个孤岛，当年宋高宗赵构被金兵追得从杭州一路坐船南逃，曾经到江心屿住了十一天，也算一个有来历的地方了。岛上还留有历代著名诗人的诗句，有谢灵运、李白、孟浩然、文天祥，所以，当地也有人叫它诗之岛。岛上有东、西两座小山，山上各有一塔，一座建于唐朝，一座建于宋代。还有一大片的园林和滩林。最主要的是江心屿四面环水，孤悬在江海的交汇处，登岛只能靠渡轮，相对安静。听史可为介绍完，塔西娜紧张地说："四周都是水，岛会不会漂走或者沉下去?"

"漂走最好了，直接把你漂到新疆，连路费都省了。"玛利亚笑着说。

"把你漂走才好呢，直接漂到大海里喂鲨鱼。"塔西娜张大嘴，做出鲨鱼的样子。

"你生得漂亮，鲨鱼要吃也是先吃你。"玛利亚说。

"先吃你，你肉比较多。"塔西娜不甘示弱。

"你个死蹄子，哪壶不开提哪壶，知道我听不得别人说我胖，你成心跟我过不去，看我不捶死你!"

玛利亚的拳头还没举起来，塔西娜已经尖叫起来，好像被揍得很惨。弄得玛利亚只好放下拳头，威胁她说："明天我们去江心屿玩，你留在家里。"

"我跟史可为去，又不是跟你去，你凭什么管我?"她拉着史可为手臂说。

她们斗嘴时，古兰丹姆很少插话，看着她们笑。

当天晚上，史可为通知丁大力，明天去江心屿，中午在那里烧烤野餐。丁大力说："这就对了嘛，明天烧烤的东西我来准备。"

"明天上午 10 点半江心码头见。"史可为说。

"为什么要等 10 点半，我恨不得现在就去野餐。"

"她们要工作到凌晨，太早起不来。"

"还是你懂得疼人。"丁大力在电话那头怪里怪气地笑起来。

第二天 10 点，史可为开车到得胜花园，她们都已准备妥当。史可为跟她们打招呼说："你们挺早啊。"

“有人平时怎么拖也拖不起来，今天倒是一大早就起床，还硬把别人拽起来。”玛利亚说。

“我只拖古兰丹姆起床，什么时候拖你了？”塔西娜反问说。

“你虽然没拖我，却打着手鼓在客厅又跳又唱，分明是不想让别人睡。”

“你冤枉人，我练习歌舞怎么叫不让你睡觉了呢？”塔西娜说。

“你这个死蹄子，那叫歌舞吗？有你那样歌舞的吗？”玛利亚说。

10点半，他们到达江心码头，丁大力已经到了，渡轮的票也买了，身边堆着两个大袋子。丁大力一看见玛利亚她们，眼睛亮起来，说：“三位女菩萨，我们又见面了。”

“你这猴狲，身边两个大袋子是什么东西？”塔西娜笑着说。

“这袋是烧烤工具，这袋是中午吃的菜和酒。”丁大力拍着两个袋子说。塔西娜叫他猴狲，他一点也没着恼，眼睛不时地看着古兰丹姆。

“这还像点话。”塔西娜点点头说。

大家依次进了检票口，到了渡轮上。塔西娜看了看丁大力，又问他说：“你还有一件事情没兑现。”

“你冤枉好人了，我早就想请你们喝酒，是史可为推三阻四，不信你问他。”丁大力指着史可为说。

“我就知道你是一个说话不算数的人。”塔西娜还是这么说。

“我又哪里做错了？”丁大力问。

“你说过，再次见面要给我们每人一份见面礼，难道忘了？”塔西娜问。

“记得记得。”丁大力连忙说，“我准备好了，等到了岛上再给你们。”

渡轮在江上行驶不到十分钟便靠岸了。登岛后，时间已近11点，大家直奔滩林，选了一个靠江又有大片树荫的位置，丁大力把烧烤工具一一摆起来，用木炭生火，史可为和玛利亚帮忙把另一袋子里的菜拿出来。丁大力带来了大量海鲜，有小黄鱼、鱿鱼、虾蛄、花菜，还带来羊肉串和牛肉串，还有一盘羊肉。酒是一箱啤酒和两瓶轩尼诗。史可为问他："你怎么带洋酒来了？"

"给三位女菩萨尝一尝。"丁大力笑着说。

"你不会想把玛利亚灌醉吧？她不能喝洋酒的，一喝就醉。"塔西娜说。

"哈哈，你把玛利亚缺点暴露了。"丁大力笑着说。

玛利亚瞪了塔西娜一眼，手里依然在忙，她将一把羊肉串放在烧烤架上，动作熟练。塔西娜被她一瞪，缩了一下脖子，做了一个鬼脸，拉着古兰丹姆去江边。

滩林里很快飘起了香味。史可为以前没有弄过烧烤，他只是给丁大力和玛利亚打下手，帮助整理东西。丁大力带来一张大尼龙布，史可为把尼龙布铺在草坪上。丁大力还带来一张小桌子，他把小桌子架在尼龙布上。丁大力居然带来五个玻璃杯。

第一批烤羊肉串很快出炉，史可为把羊肉串叠在一个铁盘里，端放在小桌子上。古兰丹姆和塔西娜闻着香味跑回来。

大家围在小桌子边，丁大力也暂时放下手头的活，开了轩尼诗，给每个杯子倒半杯，玛利亚捂住酒杯说："我喝啤酒。"

"大家都喝轩尼诗，你一个人喝啤酒多没意思。"丁大力说。

"就是啊，就是啊。"塔西娜笑着说。

"你这个死蹄子，总有一天我要你好看。"玛利亚说。

"谁怕谁？有本事你就跟我喝洋酒。"

"喝就喝，我怕你不成。"

丁大力赶紧给玛利亚倒上。

“一口干了。”塔西娜说。

“干就干。”

两个人一口就喝了。

“真是好酒量。”丁大力说着，又给她们满上。

“还喝不喝？”塔西娜故意问。

“喝。”

两人又一口干了。

丁大力又要给她们满上，史可为说：“先吃点东西，空腹喝酒容易醉。”

“没事，再喝一杯，我今天要教训一下这个不知死活的小蹄子。”玛利亚说。

“再喝一杯就再喝一杯，醉了不要怪我。”塔西娜笑着说。

丁大力马上把她们的酒杯倒得满满的，她们端起来，又一口干了。

三杯酒下肚，塔西娜脸红了，说话舌头变大。玛利亚的脸色倒没什么变化，她放下酒杯，摇了摇头说：“这是最后一杯。”

玛利亚毕竟是大姐，这时并没跳起来反攻。

丁大力见战争已平息，转身拿酒杯去敬古兰丹姆，古兰丹姆脸一下红起来，看了一眼玛利亚，见玛利亚没有反对，就举起酒杯喝了一小口。丁大力说：“不要这么舍不得，你喝大口一点嘛。”

她已经把酒杯放下了。丁大力见她这样，就说：“不行，你这样喝得太少，说不过去的。”

“我真的不会喝酒。”古兰丹姆红着脸，轻声地说。

丁大力不肯放过，说：“少一点也行，不过你要告诉我你名字的意思。”

“古兰丹姆在维语里是雪中花的意思。”塔西娜接话说。

“那你的名字呢?”丁大力转头去问她。

“我的名字是盼望的意思。”塔西娜说。

“玛利亚又是什么意思?”丁大力接着问。

“是圣母的意思啊。”说完，塔西娜哈哈笑了起来，笑完之后，她看了丁大力一会儿，说，“我给你也起个维族的名字吧。”

“好啊好啊。”丁大力说。

塔西娜眼珠子转了转，看着丁大力说：“就叫卡巴科好了。”

塔西娜刚说完，玛利亚和古兰丹姆两个人都笑了，玛利亚把嘴里的羊肉都喷了出来。古兰丹姆捂着嘴，转过身去。只有塔西娜没笑，很认真地看着丁大力。

“卡巴科。”丁大力嘴里默念了两遍，一边点头说，“蛮好听的，蛮好听的，你能告诉我是什么意思吗?”

“就是很聪明的意思。”塔西娜说。

玛利亚和古兰丹姆又笑。

“你也给史可为取一个名字吧。”丁大力说。

“我早给他取好了，叫阿西根。”塔西娜说。

“也蛮好。”丁大力点点头说，“什么意思?”

“我的爱人。”塔西娜看了史可为一眼说。

“这样啊。”丁大力看了看塔西娜，又看了看古兰丹姆和玛利亚，说，“我们两个名字能不能交换一下?”

“不能交换，我们给人取名字都是根据个人的特点，一交换，特点就没了。”塔西娜说。

“那么说，我在你们眼里的特点就是聪明咯。”丁大力说。

“是的。”塔西娜隆重而又严肃地点了点头，“我们以后就叫你卡巴科了。”

“好的好的，就叫卡巴科。”丁大力点头说。

玛利亚和古兰丹姆又笑成一片。

吃完烧烤后，丁大力自告奋勇要带她们去岛上游玩。史可为经常上岛来，他又有午睡习惯，想在这里眯一下。丁大力说：“没问题，阿西根你只管休息。”

“我也想在这里休息一下。”塔西娜说。

这下让玛利亚为难了，她看看塔西娜，又看看古兰丹姆，似乎对谁都不放心。最后还是选择跟古兰丹姆去了，她临走前，对塔西娜说：“不要再捣蛋哈。”

“你也不要捣蛋哈。”

玛利亚又对史可为说：“你帮我看好这个捣蛋鬼。”

“你放心去吧。”史可为说。

史可为这时发现玛利亚的脚步有点踉跄，他转头看着塔西娜说：“玛利亚真的不能喝洋酒？”

“她上次只喝一杯就醉倒，睡了一个下午。”塔西娜看着他说。

“不会出什么意外吧？”史可为说。

“这点我也不清楚，我倒希望她出点意外。”塔西娜调皮地说。

见他们走远了，史可为问塔西娜：“刚才玛利亚和古兰丹姆笑什么？”

见他一问，塔西娜终于弯腰笑了起来，一边笑，一边指着他们走去的方向说：“卡巴科在我们维语是笨蛋的意思。”

史可为一听也忍不住笑出声来，指着她说：“你是不是也拿我消遣了？”

“没有，阿西根就是‘我的爱人’的意思。”她看着史可为，史可为马上把眼睛移开。

10

史可为想感谢一下王贤良，以前王贤良帮过忙，他都会表示一下，有时是一些土特产，有时是一张消费卡，王贤良每次都批评他太客气，但都笑纳。这次帮了这么大的忙，表示感谢更是应该。正因为这个忙帮得比较大，倒让史可为犯了愁，几箱葡萄酒显然拿不出手，数额大的消费卡又有贿赂的嫌疑。

江心屿烧烤回来后的这个月，葡萄酒的销售量猛增，从上个月每天平均三百多瓶上升到每天四百多瓶。史可为给王贤良打电话，王贤良也很高兴。

第二个月结完账那天，史可为在唐人街大酒店碰到李使命，史可为对他表示了感谢，李使命拉着他的手说，自家兄弟，说客气话干什么，他说想请王科长吃一顿饭，问史可为能不能帮忙牵个线，史可为觉得按照人情世故，也应该感谢一下李使命，既然这样，何不由他做东来宴请王贤良，李使命作陪，一石双鸟。李使命一听，说怎么能让你请客？史可为说没关系的，地点就在唐人街大酒店，菜和人你来安排，王科长我来请，如果你请，他说不定就不来了，李使命见史可为这么说，很高兴地答应了。

史可为给王贤良打电话，说了吃饭的事，他倒没有推辞，不过，他说最近在查一个案子，能不能把时间往后推一推？史可为说当然可以，你定个时间就是，王贤良说定下个星期五吧，史可为看了一下日期，是十天以后，对他来说早一天迟一天都一样。他把这个消息告诉李使命，李使命当然说好，过了一会儿，就把日期、时间、地点、包厢号发到史可为手机上。史可为马上把这个短信转发给了王贤良。

十天很快就到了。那晚，史可为提前半个钟头去接玛利亚她们，他到301室，刚要敲门，门却开了，钻出一个人头，居然是丁大力，他说：“大力，你怎么在这里?”

丁大力笑了一下，反问他说：“你能在这里，我为什么不能?”

史可为一想也对，他了解丁大力喜欢往女人堆里钻的性格，也就释然了。

“卡巴科在这里待半天啦。”塔西娜笑着说。

“我在这里吃中餐，刚要走，你就来了。”丁大力看了看他，接着说，“你今天比平时早半个钟头。”

“今天有点事，早点来。”史可为没有把晚上跟王贤良喝酒的事跟他说。

“我先走了，有什么事我们再联系。”说完，丁大力转身对屋里挥了挥手，说，“我下次再来吃午餐。”

丁大力走后，玛利亚她们开始收拾演出行头，谁也没有再提丁大力。

到了车上，史可为把晚上喝酒的事跟她们说了，他说：“我担心喝了酒后不能送你们去大排档。”

“没关系，你让玛利亚开就是。”塔西娜说。

“你能开吗?”史可为问玛利亚。

玛利亚点了点头。塔西娜接着说：“她可是个老驾驶员，连货车都能开。”

“真的?”史可为转头看了一眼坐在后座的玛利亚。

“刚进西域葡萄酒总公司时开过一段时间。”玛利亚说。

“开货车的女驾驶员很少的，辛苦不说，手臂没有一定力气，连方向盘都转不动。”史可为说。

“为了生活嘛。”玛利亚笑了笑说。

“玛利亚是我们总公司的能人！最困难的事都派她去做。”塔西娜说。

“来信河街也算？”史可为说。

“也是公司的一种尝试吧，”玛利亚说，她停了一下，叹了一口气，“说到底，还是没能力，没把工作做好。”

“你已经做得很好了。”史可为说。

玛利亚没有回话。车里一片沉默。

到了唐人街大酒店，史可为把车钥匙交给玛利亚，说：“你晚上把车直接开回得胜花园，我明天去开。”

“好的。”玛利亚说。

史可为看了看玛利亚，又看了看塔西娜和古兰丹姆，说：“要不你们晚上就不要去大排档了。”

“怎么了？”玛利亚问。

“那地方太乱了。”

玛利亚一听，笑了起来，说：“我们会小心的。”

史可为看着她们走进去，看见塔西娜转身朝他挥挥手，他也举手挥了挥，等她们消失在拐弯处，正要转身去包厢，他的手机叫起来，一看，是琳儿打来的。他接了，琳儿问：“你在哪里？”

“我在唐人街大酒店。”

“我想你了。”

“我晚上有个应酬，可能见不到。”

“你应酬到几点？”

“我也不知道。”

“我就是想见见你，见一下就行。”

“好的，迟一点儿再联系。”

挂断电话，史可为来到包厢，李使命已在里面，他身边有个长得很白的女人，史可为见过，是唐人街大酒店的财务总监。李使命见他进来，很客气地站起来跟他握手。坐下来后，一起聊了一会儿葡萄酒的事。一看时间，已经6点40分，过了约定时间。李使命说：“王科长不会临时有事来不了吧？”

“不会的，我们下午还通了电话。”史可为说。

“你打个电话问问。”

史可为掏出手机，拨通了王贤良的手机，他说已到门口，说着，包厢的门就开了。王贤良一进门，就被扶到主宾的位置上。王贤良坐下后，李使命让史可为坐主人的位置，史可为觉得不太合适，两个人相互推让，最后还是王贤良发话：“晚上是你请客，你就坐嘛！”

“对对对，就应该你坐。”李使命说。

见他们这么说，史可为只好坐在主位上。落座后，李使命问他说：“王科长，我们晚上喝什么酒？”

“来这里，当然喝西域葡萄酒咯。”王贤良看了一下史可为，笑了笑。

“对对对，喝西域葡萄酒。”李使命说。

葡萄酒上来后，热菜还没上来，李使命先满满地敬了王贤良一杯酒。接着是财务总监满满敬了王贤良一杯。

热菜上来，李使命居然上了一条六斤重的黄鱼。王贤良说：“太难得了，现在很难吃到这么大的黄鱼。”

“李总一个星期前就交代厨房，要一条最大的黄鱼。”财务总监说。

“应该很贵吧？”史可为没吃过这么大的黄鱼，听说黄鱼越大价格越高。

“这条黄鱼市场价大概两万多。”财务总监说。

“不说价钱，能请到王科长是我的福气，我再敬王科长一个满杯。”李使命把鱼头夹到王贤良面前的小碗里。

王贤良站起来，说：“这杯酒应该我来敬，一来感谢李总多年来对我工作的支持；二来上了这么大的黄鱼。”

说完，他把酒杯加满，跟李使命碰了一下，一口喝了。

李使命跟王贤良喝酒时，财务总监就跟史可为喝。跟财务总监喝完后，他又敬了李使命一杯，因为李使命把鱼尾夹给他吃。

酒喝到一半，史可为接到琳儿的短信，问他好了没？史可为不好意思在包厢里回短信，找了个借口，跑到走廊回，说还在喝，喝完就给她电话。回完短信，史可为看见有一个包厢门开了，塔西娜和古兰丹姆从里面出来，最后出来的是玛利亚，她出来时，后面跟着一个人，史可为一眼认出来，是王志远，他拉着玛利亚的手不放。史可为赶紧走过去打招呼说：“王董晚上也在这里吃饭啊。”

王志远抬头看见史可为，把手缩回去，笑着说：“小史啊，听说你葡萄酒生意做得很好。”

“这得感谢王董。”史可为一边说，一边对玛利亚她们使个眼色，她们对王志远说了声再见，进了下一个包厢。

“你调教得好，她们越来越招人喜爱了。”王志远意犹未尽地朝她们进去的包厢看了看。

“找机会我请王董喝酒。”史可为说。

“好的，让三个美女作陪。”王志远说。

回到包厢后，史可为发现王贤良已有醉意。他酒量比史可为差一些，酒风还可以，不像他平时做事那样慢条斯理，见史可为进来，马上说：“来，今天高兴，大家一起喝一杯。”

李使命和财务总监齐声说好，四个人站起来，财务总监负责把每个酒杯倒满，然后碰一下，一口喝了。

不久，史可为又接到琳儿的短信，她晚上有点反常，平时只发一次短信或电话，一天内很少出现两次，史可为觉得时间应该差不多了，就没回。

王贤良不能再喝了，他老是一句话翻来覆去地说，他对史可为说，我们是不是老同学？你说我们是不是老同学？史可为说是，一转身他又问史可为，我们是不是老同学？对李使命说，我们是不是老朋友？李使命说是，一转身，他又问李使命，我们是不是老朋友？王贤良喝成这个样子，史可为不是第一次看见，到了这个程度，他可以一直坐下去，话可以一直说下去，酒可以一直喝下去。史可为看了看李使命，轻声对他说，晚上的酒就到这里吧，王科长很尽兴了。李使命想再问问王贤良，史可为说你不用问了，我知道的。

10点半，他们出了包厢，王贤良摇摇晃晃，史可为看见财务总监把一张银行卡递给王贤良，王贤良顺手接了。到了门口，他叫了一辆出租车，要把王贤良送回家，王贤良是他叫来的，喝成这样，应该把他送回家，可是，这个时候王贤良却拉着财务总监的手，对史可为挥着手说："你走吧，我还有事。"

史可为不知道说什么好。

"交给我好了，我会安排好的。"李使命笑着说。

"你真的不跟我走？"史可为又问王贤良。

"你走，我还有事。"他又挥挥手。

史可为跟他们挥了挥手，钻进了出租车，他知道，王贤良虽然喝了那么多酒，意识还是清醒的，他在税务局里做了这么多年，什么阵势没见过？什么事情能不能做，他比谁都清楚。

史可为担心的是玛利亚她们，总觉得晚上会出事，应该赶过去陪她们，可他答应了琳儿，跟她见一面。他犹豫了一下，还是先给琳儿打一个电话，先跟她见一面，再赶到大排档。他拨通了琳儿的手机，只“嘟”了一声，琳儿就接了，问他说：“你在哪里了？”

“我在出租车上，你在哪里？”史可为说。

“我在观月楼边上一个叫得月小区的门口，你知道这个小区吗？”琳儿问。

“我知道。”那是信河街一个老小区。

“我和表姐就租住在这个小区，我在门口等你。”

“我马上到。”

到了得月小区门口，史可为看见琳儿穿着一套紫色的连衣裙站在路边，史可为还是第一次见她穿裙子。他什么话也没说，下了车，跟她进了小区，拐了两个弯，来到一幢楼，进了电梯，琳儿按了十三楼，到了之后，她用钥匙打开 1301 号门。进了门后，史可为才问她说：“你晚上没去上班？”

琳儿一转身，抱住他，嘴巴迎上来，堵住他的嘴巴。

一边亲吻，琳儿一边把史可为往房间带，进了房间，琳儿顺手把房门关上，三下两下把身上的衣服脱光，一动不动站在史可为面前。史可为听见她一进一出的喘气声，看见她身体闪着洁白而光滑的光，像鱼的鳞片一样闪闪浮动。他站在那里，看着琳儿，连气也不敢出。琳儿靠过来，把嘴唇伸过来，伸手解开他的衣服。不知过了多久，琳儿长长地喘了一声粗气，对史可为说：“我不能去上班了。”

“为什么？”

“无论坐哪个男人的台，都会想到你，要么就是拼命用葡萄酒把自己灌醉，要么就是坐在那里一言不发。”

“那怎么行。”

“是呀，总被客人投诉。”

“那怎么办?”

“我想我再也不能在这里待下去了。”琳儿从被窝里伸出手，摸了摸史可为的脸，“对不起，史可为，我原来叫你给我三个月时间，看来等不及了。”

“离开这里，你去哪里?”

“先回四川老家住一段时间。”

“还会出来做事吗?”

琳儿突然凄凄地笑了一下，脸上出现了她这个年龄段不应该有的沧桑，看着史可为的眼睛，一会儿移开，盯着天花板，说：“像我这样的人，从事过这种职业后，恐怕很难再在老家安心生活了。”

“有什么计划?”

“我还有一个表姐，就是林檬檬的妹妹，在上海做领班，我可能会去她那里。”停了一下，琳儿问史可为说，“如果你去上海，会去见我吗?”

史可为马上摇头说：“不会的，我不会再跟你见面了。”

史可为是凌晨两点离开琳儿家的。出了得月小区，他给玛利亚打了一个电话，知道她们刚刚回到家，心才放下来。

11

次日中午，史可为先去得胜花园开车，然后送琳儿去机场，在车上，他给了琳儿五万元，琳儿说：“我不能拿你的钱。”

“这是我的一点心意。”史可为看着她的眼睛，把钱放进她随身带的皮包里，按住她的手。

琳儿没有再说话。

到了机场停车场，坐在车里，琳儿看着他说：“史可为，你能抱抱我吗？”

史可为伸出双手抱住她的身体。抱了一会儿，她伸过头来，把舌头伸过来，史可为也把舌头伸过去，突然，她在史可为的舌尖上咬了一口，疼得史可为叫出声来。她笑了一下，说：“舌尖上出点血，一会儿就会好的。我要你一直记住这种疼的感觉。”

她摸了摸史可为的嘴唇，又亲了一下，说：“你不要下车，看着我走就行。”

说完，她打开车门，站在车外朝他挥挥手。史可为看着她肩上挎着一个皮包，手里拉着一个拉杆箱，一直看着她走进机场大楼。他把椅子放倒，身体躺在上面，看着车顶，脑子里一片空白，似乎身体里也被清空了。空空荡荡。

也不知过了多久，一阵手机铃声把史可为惊醒过来，是王贤良打来的，他问史可为说：“昨晚是你请客的吗？”

“单是我买的，大黄鱼是李使命送的。”史可为问，“有什么问题吗？”

“没问题。”王贤良说，他想了想又说，“你的西域葡萄酒不错，口感很好。”

“如果喜欢，明天我送几箱给你尝尝。”

“不用，想喝我会跟你说的。”又停了一下，他对史可为说，“酒好是好，就是酒精度有点高，很快就把我喝糊涂了，我昨晚有没有说出什么不应该说的话，做出什么不应该做的事？”

史可为知道他打这个电话的意思了，马上说：“没有，你挺正常。”

“那就好。”停了一下，又交代说，“昨晚我们喝酒的事，你不要跟别人说。”

“我知道的，你放心。”

放下电话后，史可为把车子发动起来，开回了家。陈珍妮中午很少回家，即使下午没课，她也是在学校食堂吃了中饭回家，有时在学校备了课，到傍晚才回家。史可为没吃中饭，到家后，直接躺在床上，几乎一躺下就睡着了。

下午5点钟醒来，陈珍妮已回家，烧好了饭和菜。在吃饭过程中，史可为一句话也没说，眼睛也没看陈珍妮，陈珍妮问他说：“你有心事?”

“没有。”

“看你心事重重的。”

“我只是越来越觉得这种生活没意思。”

“你说的是我们这种生活?”陈珍妮看着他，轻轻地问。

“不是。”史可为赶紧说，“我指的是卖葡萄酒这件事。”

“你不是卖得挺欢的吗?”陈珍妮看着他，笑了一下，又说，“我听一个熟人说，你每天晚上带着三个新疆姑娘在大排档推销葡萄酒。”

“你知道这事呀，我一直以为你不知道呢，是不是觉得你老公挺丢人，放着好好的大学老师不当，眼镜厂也没办好，却去大排档推销葡萄酒。”史可为苦笑着说。

“我没觉得这有什么自卑的，凭劳动赚钱，不偷不骗，能赚到钱是真本事。”陈珍妮看了他一眼，说，“听说那三个新疆姑娘长得非常漂亮，我担心你被她们迷住了。”

“既然这样，你为什么不阻止我。”

“我阻止有什么用啊，你还不是辞职去办眼镜厂了。”

史可为看着她好一会儿，说：“我真的想尽快结束这种生活，我还是想做眼镜，老老实实地做，能赚多少算多少。”

“还有多少葡萄酒没推销出去？”

“两个月已卖了一半，我和丁大力各收回近一百万资金，如果这个月做满，差不多可以把成本拿回来。”

“已经很好了。”

“我想这个月做满就收手。”

“只要你决定了，我就支持你。”陈珍妮看着他说。

“那我现在就要去卖葡萄酒了。”史可为吃饱了，他收拾好碗碟站起来，对陈珍妮笑了一下。

“记住回家的路哦！”陈珍妮笑着说。

从家里出来后，史可为开车到得胜花园接玛利亚她们。玛利亚问他：“你昨天晚上没喝多吧？”

“还好。”史可为说。

“我觉得也是，凌晨两点多还能给我打电话，口齿也很清醒，肯定没喝多。”玛利亚笑了笑，转头说，“可我们这里有个神仙说你一定喝多了，非要跟我们打赌。”

“赌注是什么呀？”史可为看着塔西娜，笑着问。

“她说输了就喝一瓶葡萄酒，一口干。”玛利亚笑着说。

“喝就喝，大不了一醉。”塔西娜笑着说。

“说得轻松，你还记得上次喝醉是什么样子吗？让古兰丹姆说说看。”玛利亚说。

“别说了，羞死人了。”塔西娜用手遮住脸，跺着脚说。

一屋人都笑了起来。

她们整理好演出行头，坐史可为的车到唐人街大酒店，她们进餐厅表演，史可为回到车里等。等一会儿，他也进了大厅。在大厅坐了一会儿，又回到车里，他心里有股冲动，想开车去得胜花园看看，他不让自己去，坐在车里，空调开起来，关紧窗户，把音乐开到最大。他突然想唱歌，却又不知唱什么，想起第一次去观月楼KTV，丁大力和林檬檬唱《知心爱人》，他只记得开头两句："让我的爱伴着你直到永远，你有没有感觉到我为你担心。"他也不知道调子准不准，只管翻来覆去地唱。

下半场到了大排档，他拎着葡萄酒，跟在玛利亚她们后边，玛利亚表演完了，照例要敬客人一杯葡萄酒，史可为总是尽量少倒一些，玛利亚一直说没事。史可为觉得玛利亚是真能喝，一个晚上下来，喝了四瓶葡萄酒，也就是微醺，外人一点感觉不出来。

这样的日子又过了十天。

那天晚上12点左右，史可为拎着葡萄酒跟着玛利亚她们进了一个大排档的包厢，里面坐着三个光头男人，赤裸着上身。玛利亚说明来意，喝不喝葡萄酒没关系，只要他们愿意，她们乐意为他们表演新疆的民族舞蹈。

玛利亚的话刚说完，坐在最外边的光头看见了史可为，站起来问他说："你是什么人?"

"我是工作人员。"史可为说。

"这里没有你的工作，你出去。"光头说。

"我为什么要出去?"史可为说。

"叫你出去就出去，哪来那么多废话，滚。"光头伸出食指指着他。

玛利亚看了看史可为，接过他手中的酒瓶，说："你在帐篷外等吧，我们很快就出来。"

史可为瞪了那个光头一眼，那个光头说："你看什么看，小心老子把你的眼珠子挖出来。"

"我们给大家跳一个刀郎舞。"玛利亚用眼神示意史可为赶快出去。

史可为又狠狠瞪了那个光头一眼，掉头走出帐篷。排档老板大概听到刚才的声音，赶紧过来，递一根中华香烟给史可为，对他眨眨眼，摇了摇头。史可为平时不抽烟，这时顺手把香烟接过来，点燃后，猛抽一大口，然后重重地吐出去。帐篷里响起玛利亚的手鼓和古兰丹姆的声音。

史可为的香烟才抽了一半，听见帐篷里传来塔西娜的尖叫声，他把香烟往地上一扔，一头冲进帐篷，看见坐在中间的光头正双手抱着塔西娜。

“我操你妈的!”史可为骂了一声，随手抄起一把塑料椅子朝那光头砸去。

那光头见史可为的椅子砸过来，顺手把塔西娜朝史可为这边一推，史可为一惊，如果砸下去，肯定砸在塔西娜头上，他硬生生地把手抬起来，身体却不由自主地朝前冲去。他见坐在中间的光头已站起来，抬起腿，朝他踹来，他的小腿被撞了一下，整个人扑倒在地，马上觉得有无数只脚踹在他身上。他听见玛利亚和塔西娜的尖叫声，玛利亚一边叫古兰丹姆打110，一边抄起一把椅子冲过来。这时，躺在地上的史可为抱住一只脚，同时，他听见玛利亚手里椅子砸在一个光头身上的声音。史可为忍着身上的痛，抓住那只腿要站起来，就在他快站起来时，看见刚才叫他“滚”的光头手里举着一个啤酒瓶朝他砸来，他听见啤酒瓶在他头上开花的声音，他的身体晃了晃，有一股热热的东西从脸颊上流下来。古兰丹姆尖叫了一声：“血!”

史可为身体晃了晃，一屁股跌坐在地上。那个光头飞起一腿，朝史可为的眼睛踢来。史可为抬着头，看着他，脸上浮现出微笑，身体一动不动。这时，塔西娜“哇”地叫了一声，扑在他身上，把他抱住，他听见光头那一脚结结实实地踢在塔西娜身上。

远处传来隐隐约约的警笛声，三个光头冲出帐篷，遁入夜色。塔西娜和古兰丹姆抱着史可为，坐在地上哭。史可为抬头看看玛利亚，眼皮有点沉，有红红的液体从眼皮上垂下来，把帐篷隔成好几段。玛利亚手里还拿着一把破碎的塑料椅子，胸脯一起一伏。他对她微微地笑了起来。

警察来了，先把史可为送到信河街人民医院急诊室，他的脑袋被啤酒瓶砸了一个小洞，好在不是关键部位，医生给伤口消了毒，把他像伤员一样包扎起来，叫他隔一个星期后来换药。从医院出来，他们又被带回派出所做笔录。做完笔录，史可为坚持要送她们回家，玛利亚说："算了，就让我们送你一回吧。"

"我现在一点事也没有。"被揍了一顿，史可为反觉得身上轻松很多，他转头问塔西娜，"刚才身上被踹了一脚，痛不痛?"

塔西娜的情绪大概还没稳定下来，先是摇摇头，接着又点点头。

"真是谢谢你们!"史可为说。

12

丁大力第二天中午才知道打架的事，他给史可为打电话说："操，你昨天晚上为什么不给我打电话?"

"打电话给你干什么呢?"史可为说。

"这是什么话，"丁大力生气地说，"好朋友就要有难同当有福同享嘛。"

"好吧，下次打架我一定叫你。"史可为说。

"这就对了。"丁大力说，停了一下，他又说，"这几天你休息一下，大排档那边让我去，如果让我遇见那三个孙子，看我怎么收拾他们。"

“不用了，你把自己那摊管理好就行，我没事的。”史可为说。

“哎呀呀！你脑袋瓜是不是被砸傻了，都被打成这样了，还去大排档。”丁大力说。

“我没被砸傻了。”史可为看了看身边的陈珍妮，对丁大力说，“陈珍妮说还要感谢那三个人，我被砸了之后，脑袋瓜反而开窍了。”

陈珍妮早上没课，在家里陪史可为，见他这么说，在他手臂上掐了一下，疼得史可为一只眼睛眯起来，歪着嘴巴，倒吸一口气。

史可为没问丁大力在哪里，但他猜丁大力应该在得胜花园四组团五幢301室，否则，丁大力不可能知道昨晚的事。

挂完电话后，陈珍妮问他：“你真的还要去大排档？”

“当然是真的，这个月剩十天，坚持做完，我就收手。”史可为说。

“如果再碰到那三个人呢？”陈珍妮问。

“你以为他们跟你一样傻呀，一看他们就是老手，不会现在出来让警察抓捕。”史可为说。

“既然知道他们是老手，你为什么还要跟他们打架？”陈珍妮问。

陈珍妮这一问就把史可为问住了，他不能告诉她自己的真实想法，想了想后，史可为摸了一下脑袋说：“我也没想到，在那么多人的情况下他们会出手。”

“想不到的事情还很多呢。”陈珍妮笑着说。

史可为觉得陈珍妮今天说的每一句话都包含着更深的意味，这使史可为不敢跟她对视，他故意干笑了两声，说：“所以我才会被砸破脑袋呀。”

又停了停，史可为抬起头，看了陈珍妮一下，一语双关地说：“你放心，以后再也不会了。”

陈珍妮也看着他，点了点头。

那天晚上，史可为还是去了大排档，但他没有再去给玛利亚拎酒瓶，也没有跟着她们进帐篷，而是坐在车里，看着玛利亚她们在各个帐篷里进进出出。后来，他向大排档老板要了一张椅子，坐在瓯江边，吹着从东海来的带着咸味的海风。

去大排档的路上，玛利亚也担心那三个光头会再来闹事，史可为说："你们放心，肯定不会。"

"就是来了我也不怕。"塔西娜说。

"呦，你不怕了？我看你昨晚吓得差点尿裤子了。"玛利亚说。

"今天我带了这个。"说着，塔西娜从包里摸出一把小刀，比画了一下。

"你怎么带刀来了？"史可为说。

"是我离开新疆时爷爷送给我的，是我们家的传家宝，爷爷说，如果遇到坏人，就用这把刀结果他。"塔西娜说。

"你昨晚为什么不拿出来？"玛利亚笑着问。

"人家没带嘛，谁知道昨晚会遇到坏人。"塔西娜看了史可为一眼，带着哭腔说。

"我完全相信塔西娜的话，如果昨晚那三个坏人看见这把刀，早就逃了。"史可为笑着说。

"从今天起我会一直带在身边，只要那三个坏人再来，算他们倒霉！"塔西娜说。

玛利亚笑着说："呵，我们的塔西娜要开杀戒咯。"

古兰丹姆捂着嘴在笑。

还好，那天晚上三个光头没有出现，有效地躲过了塔西娜的祖传宝刀。

接下来的几天里，那三个光头也没出现，倒是丁大力来了几趟，他对史可为说："有情况打电话给我啊，我立马赶到。"

史可为笑笑，他觉得丁大力来这里的目的是古兰丹姆，对这件事，史可为从来没问，也没办法问。

直到这个月结束，三个光头没再出现。

到了日期后，史可为把所有的账结了，他和丁大力各分到一百四十万，剩下的葡萄酒转让给丁大力。

史可为跟玛利亚说这件事是在跟丁大力结完账那天，说以后丁大力就是她们的老板了，他想次日请玛利亚她们在唐人街大酒店吃一顿饭，这三个月来，她们一直在唐人街大酒店表演，就是没吃过饭。另外，史可为也想表示一下谢意，如果没有她们，在这么短的时间里，不可能卖出这么多葡萄酒。最主要的是，史可为有点舍不得她们，这段时间来，几乎每天在一起，以后不可能有这样的机会了。听了他的话，玛利亚很平静，似乎早就知道他的打算了。她邀请史可为去她们那里吃中饭，她能烧一桌正宗的新疆菜。史可为见她说得诚恳，就答应了。

史可为中午 11 点半到她们那里，丁大力正在对古兰丹姆说："我晚上带你去唱卡拉 OK 好不好？"

古兰丹姆摇摇头。

"你这么好的嗓子，不去唱歌真是太浪费了。"

看见史可为后，他站起来说："前老板来了。"

被丁大力这么一说，史可为突然想到了王志远，王志远把葡萄酒和玛利亚她们转让给了他，他现在又转让给了丁大力，这么说来，他跟王志远是一路货色。这让他突然难受起来。

玛利亚见他来了，招呼说："吃饭了，大家就座。"

入座后，史可为看见餐桌上摆了六个大盘，满满一大桌。史可为只认识三个，一个是大盘鸡，一个是烤羊肉串，还有一个是麻酱黄瓜。玛利亚给他介绍另外三个是肚子烤肉、烤馕和抓饭。喝的是西域葡萄酒。

玛利亚特别推荐史可为尝一尝肚子烤肉，她做的肚子烤肉就是新疆人也没吃过，她的做法是把羊肚洗干净，把切好加了作料的羊肉塞进羊肚子里，然后把口子扎好，放进烤箱里烤熟。玛利亚夹了两块给史可为说："你尝尝。"

史可为闻一闻，有焦味，咬一口，却是无比鲜嫩。

玛利亚介绍时，丁大力的筷子不停地冲进肚子烤肉盘子里，一边吃一边问玛利亚说："为什么我以前没吃过？"

"没有史可为，你哪里吃得到这样的美食。"玛利亚看了他一眼说。

丁大力哈哈一笑，继续吃，吃了一会儿，他把碗筷一放，说："我吃饱了，现在开始敬酒。"

说着，他站起来，用红酒敬大家一圈。敬到塔西娜时，塔西娜没动，丁大力笑着对她说："来来来，卡巴科敬你一杯。"

塔西娜眼睛看着桌面，还是没动。史可为觉得塔西娜今天有点奇怪，平时满屋子都是她的声音，今天一句话也没说。

"其实我知道，卡巴科是笨蛋的意思，但这是塔西娜给我取的名字，我会一直叫下去。"丁大力依然端着酒杯，笑着对塔西娜说，"为了这个名字，我也要敬你一杯，但我知道你酒量差，我喝完，你随意看一下酒杯就行。"

丁大力的话刚说完，塔西娜霍地站起来，端起酒杯，一仰脖子喝进去了。

丁大力敬完后，史可为也站起来敬一圈，他先从左手边的塔西娜开始敬，他知道塔西娜酒量不好，只给她的酒杯里倒了一点点，把自己的酒杯倒满，端起来对她说："谢谢塔西娜，我会一直记得你替我挨的那一脚。"

“我也要加满，”塔西娜抬起头看着史可为，说，“我要跟你一样多。”

史可为看了看玛利亚，见她没有表示，就把塔西娜的酒杯加满，塔西娜端起来，跟史可为碰了一下，一口喝了下去。

史可为的第二杯敬玛利亚，他对玛利亚说：“这三个月来，最辛苦的是你，这一杯我敬你。”

玛利亚早就端起酒杯，一口干了，她对史可为说：“谢谢你这段时间对我们的照顾，应该我敬你才对。”

史可为的第三杯敬古兰丹姆，他对古兰丹姆说：“虽然我不再做葡萄酒生意了，但你的歌声会一直留在我心里。”

古兰丹姆什么话也没说，站起来，就把酒喝了。

“古兰丹姆，你这样不公平，我刚才敬你，只喝半杯；史可为敬你，你喝满杯。”丁大力叫起来。

“你也只是半杯的料。”玛利亚半开玩笑半认真地说。

史可为敬完后，玛利亚站起来敬了他一杯，接着她又敬了塔西娜和古兰丹姆一杯。敬完之后，她对史可为说：“上星期接到总公司的电话，塔西娜和古兰丹姆明天就要飞回新疆了，总公司给她们安排了新任务。”

玛利亚的话出乎史可为的意料，他看了看塔西娜，又看看古兰丹姆，正想说点什么，塔西娜突然站起来，冲进卧室，顺手把门反锁起来。

“她一会儿就没事的。”玛利亚说。

史可为看看古兰丹姆，她倒没什么反应，依然面带微笑坐在那里。

“她们都回去了，你怎么办？”史可为问。

“我还得坚守在这里，总公司会再派两个演员过来。”

史可为点了点头，沉吟了一下说："明天我开车送她们去机场。"

"那我就替她们谢谢你了。"

"应该的。"史可为说。

第二天上午，史可为开车送她们去机场，塔西娜坐在副驾驶座，玛利亚和古兰丹姆坐在后座，有一刹那，史可为觉得是送她们去推销葡萄酒。一路上大家都没说话。到了机场，办了登机手续，史可为和玛利亚送她们进安检，塔西娜突然回过头来看了史可为一眼，转身走过来抱了他一下，在他耳边轻轻地说："阿西根，我会想念你的。"

史可为轻轻地拍了拍她的背。她转身过了安检。

往回开时，史可为感觉玛利亚几次想开口跟他说话，最终都没有说出来，他也没问，把她送到得胜花园后，他就开车去眼镜厂了。

大约是一个月后，有一天晚上，史可为开车经过江滨路大排档，看见玛利亚带着两个他不认识的新疆姑娘在推销葡萄酒。丁大力坐在不远处的一张椅子上，史可为把车开过去，跟他打了一个招呼，丁大力高兴地站起来，说："喝两杯？"

"我戒酒了。"

"操，酒跟你无冤无仇，戒它干什么？"

史可为不想说这个话题，问他说："还好吧？"

"很好啊，一个月赚的钱，比做一年眼镜配件还多。"丁大力笑着说，"你回来我们一起做吧。"

史可为笑了笑，摇了摇头。

停了一下，丁大力"哦"了一声，说："哎呀呀！有件事忘了跟你说，我现在是跟玛利亚合伙做葡萄酒生意。"

"噢，"这出乎史可为的意料，他看着丁大力说，"你们什么时候开始的？"

丁大力笑了笑，说：“去江心屿那一次我们就开始了。”

史可为知道丁大力误会他的意思了，但丁大力的回答又出乎他的意料，他一直以为丁大力的目标是古兰丹姆呢。他看着丁大力，对他挥挥手，朝家里开去。

讨债

1

“林老板，那个女人又来了。”金亮从门口进来，站在林乃界身边说。

那天下午3点左右，林乃界坐在车间工作台前，低着头，左手拿着一只眼镜框，右手拿着一把锉刀，“吱——吱——”工人做的眼镜框有毛边，出厂前被检验出来，他要一一用锉刀磨光滑。他做得很投入，没听见。金亮说第二遍时，他听见了，故意不回答。

“他妈的，这次恕老子不接待了。”

但他分明感觉到手在颤抖，用的力气也大了。“吱——吱——”金亮说第三遍时他心里叹一口气，把锉刀放下来，抬头看了金亮一眼。

“那个女人又来了。”金亮哈着身子，又轻声说一次。

“知道了，我耳朵还没聋。”林乃界突然提高声音，对金亮吼了一句。金亮还是哈着身子，一脸不安。林乃界马上意识到不应该对金亮吼，金亮只是他聘请来的经理，对他吼有什么用？他放轻声音说，“她在哪里？”

“在你办公室。”金亮说。

林乃界站起来，看了看车间，又到仓库看一下，慢慢朝办公室走去。办公室在另一座房子的二楼，中间有一个小道坦，林乃界看见道坦里多了一辆银灰色的奔驰车。他低头快走几步，金亮一声不响地跟在后面，林乃界进了办公室，他恭敬地站在门外。

“林老板，又来麻烦你了。”林乃界刚进办公室，沙发上一个四十岁模样的女人站起来。她个头不高，但很匀称。穿一身黑色套裙，露出胸前一片白嫩的肉。挎一个褐色 LV 包，右手拿着手机和奔驰车的钥匙。脸上开满笑容。她就是赵来来，高明眼镜厂的老板娘。

“怎么可以这样说，你看得上我的工厂，是我们的光荣。”进了办公室后，林乃界的身子也像金亮一样哈起来，说出的话，完全违背他的意愿。

“林老板真是一个会讲话的人，怪不得生意做得这么好。”赵来来说。

“有什么事只管吩咐。”

“我用了很多配件厂的镜框，还是你工厂的质量最好。”

“赵总客气了，这次要多少副？”

“一万副。”

“好的。”林乃界不敢看她的眼睛，更不敢看她裸露的前胸，眼睛极快地朝她的方向瞥一下，扭头朝门外走，刚跨出门，又回头说，“我这就去办。”

“辛苦林老板了。”她笑着说。

“给赵总泡一杯茶。”林乃界对站在门外的金亮说。

“马上。”金亮点头说。

林乃界走进仓库，找了两个编织袋，开始给赵来来装眼镜框，认真检查每一捆镜框是否存在瑕疵。装到一半，他突然骂了一句：“他妈的，林乃界，你难道就这么软蛋？这样太让他们得寸进尺了。你不能对他们那么好。”

林乃界站起身，从仓库来到他的工作台，抓几捆不合格的眼镜框放进编织袋，数了数，又放进几捆。

停一下，他又犹豫了，听见心里另一个声音：“林乃界，你怎么可以把不合格的产品给别人？你平时就是这样做人的？不行，别人可以不仁，你不能不义。”

林乃界把几捆不合格的眼镜框拿出来，又从工作台走回仓库。

出了仓库，他也下了一个决心，无论如何，这次要向赵来来开口，他不能替他们白干，他白干没关系，他六十来个工人不能白干，他要发工资、他还要交货款、要付厂房的租金、要付电费、要付水费。另外，更要交治安费、工商管理费、环境保护费、卫生管理费等等。

林乃界把两袋眼镜框搬到赵来来奔驰车边，喊一声“金亮”，金亮从二楼冒出头来，说：“林老板，让我来。”

林乃界对他摆摆手，他还是从楼上跑下来。赵来来听见声音，跟着金亮从二楼下来。到了道坦，她打开汽车后备厢，笑着对林乃界说：“辛苦林老板了！”

“应该的。”林乃界弯腰去搬袋子。

“让我来，让我来。”金亮抢着抱起另一个袋子。

装好车后，金亮盖上后备厢，哈着身子，站在林乃界身后。赵来来打开车门，回头看了看林乃界，笑着说，“谢谢林老板了。”

说完，她低头要钻进车里。

林乃界一阵尿急，忍不住拍了下手，咳嗽一声，急急地说：“赵总，请你等一下。”

“怎么了，林老板是不是舍不得我走？”赵来来把头从车里拔出来，笑着问他。

“你能不能把我这里的账结一下。”

赵来来脸上的笑容僵硬了一下，接着就消失了。她一手紧紧抓住车门，另一手紧紧抓住车顶。

说出这句话后，林乃界好像做了对不起赵来来的事，搓着双手，喃喃地说：“你也知道，自从去年发生美国次贷危机后，马上演变成全球经济危机，我的小工厂也受到影响，订单少了，客户跑了，工厂已连续亏损半年，再亏下去就要倒闭了。”说到这里，林乃界停了一下，苦笑着说：“如果不到山穷水尽的地步，我也不会向你开口，不信你可以问一问他。”林乃界指指身后的金亮。

“确实是这样的，林老板说的都是实情。”金亮身体哈得越发厉害，眼睛瞄着赵来来。

赵来来的眼睛没看金亮，她好像已缓过神来，嘴角挂着轻蔑的微笑，把头抬起来，眼睛傲慢地斜看着林乃界。

林乃界心里“咯噔”一下，他突然想到胡可去副所长——那个身材矮矬、腰子脸上堆满肉的男人，他来工厂检查就是这副神态。那次他带着两个手下来查下脚料的税。信河街的眼镜配件厂都没有报下脚料的税，这是行业里的公开秘密，为什么突然来查呢？林乃界问他，他根本不搭理，两个手下一个拍照片，一个拿账本，很快撤离工厂。他们离开后，林乃界叫金亮去了解，胡可去有没有去其他眼镜配件厂查下脚料的税，金亮很快就把情况反馈给林乃界，胡可去没有去其他眼镜配件厂，同时，金亮带回一个更重要的信息：昨天工厂来了一个进货的客人，名字叫赵来来，是胡可去的老婆大人。林乃界第二天就让金亮把货款退还给赵来来。退还货款后，胡可去那边没了动静，林乃界的心却依然吊着，因为账本在胡可去手上，胡可去随时可以宰他。没办法，林乃界通过朋友陈上水，找到胡可去，请他喝了一顿酒，胡可去才把账本还给他。从那以后，赵来来到工厂拿货再没给过钱。

但这一次，林乃界把心横下来了，抬头逼视着赵来来，他觉得头晕，喉咙发干，产生撒腿逃跑的念头，他顿了顿，说："实在是不好意思啊！"

"林老板怎么这样说呢！欠债还钱是天经地义的事情啊！"赵来来反倒笑着安慰林乃界说。停了一下，她又开口，"这样吧！今天我没准备，先给你写个欠条怎么样？"

金亮在背后打了一声咳嗽，林乃界只当没听见，说："当然可以，那就请赵总一起去一趟财务室，看一下账单。"林乃界说。

"不用了，我相信林老板。"赵来来说。

"你去财务室结一下账。"林乃界转身对金亮说，金亮对他眨了眨眼睛，林乃界还是没理他，说，"快去。"

金亮跑着去财务室，很快又跑回来，手里拿着一张纸条和一支笔，递给赵来来说："一共是512000元。"

赵来来接过纸条和笔，贴在车窗玻璃上，歪歪斜斜地写了一行字：

"今欠恒光眼镜配件厂货款共计512000元人民币。欠款人：高明眼镜厂赵来来。"

落款日期是2008年9月10日。

"林老板，你看这样可以吗？"写完后，她把笔和欠条递给林乃界。

"麻烦赵总再按一个指印。"林乃界把金亮带来的印泥递给她。

赵来来笑了笑，听话地在上面按了食指的指印。

林乃界小心地把欠条折好，放在钱包里，停了一下，又对赵来来说："如果可以的话，我想明天去你公司结账。"

"当然欢迎啊。"赵来来笑着说。

赵来来离开后林乃界转身对一直哈着身子的金亮说："你刚才咳嗽了?"

"是的。"

"还眨眼了?"

"是的。"

"是不是有什么话要对我说?"

"我觉得应该让赵来来把欠款结清才对，今天放她走，以后想抓住就难了。"

"你是说这张欠条没用?"

"我觉得咱们错过了最好的机会。"

"不会吧，这可是真凭实据啊。"林乃界又从钱包里拿出欠条，念一遍，确认无误。他又看了看金亮，说，"再说，这样拦截住一个女人讨债，跟流氓有什么区别?"

"我知道林老板是好人。"金亮说。

这时，林乃界的手机响了，是陈上水打来的，约林乃界晚上去东海渔村喝酒，林乃界问都叫了谁，陈上水说已叫了苏海啸和诸葛妮。

2

晚上六点半，林乃界赶到东海渔村 5 号包厢。东海渔村是信河街一家老牌酒店，特色是海鲜鲜活，酒店一个股东是渔民，会把东海海鲜以最快速度送到酒店，经常有活的黄鱼、鮸鱼、墨鱼、子梅鱼等，别的酒店很少见到。林乃界他们是这家酒店的常客。

“乳沟来了。”林乃界一跨进包厢，苏海啸就叫起来，一边对服务员说，“上热菜。”

“苏海啸，你能不能文明一点?”诸葛妮说。

“我是实事求是嘛，他的名字叫‘奶界’，不就是乳沟吗?”苏海啸笑哈哈地说。

“你真是为老不尊，到了这个年龄，还是没正行。”诸葛妮拍拍身边一个座位。林乃界在她身边坐下来。

“哈哈，今天你终于迟到了。”陈上水笑着对林乃界说。

林乃界是个很守时的人，约好6点钟，肯定会提前十分钟到。几个朋友中，陈上水最不守时，他总是对林乃界说，凡事不要太认真，也不能太认真，“差不多”就可以了，只要快乐就好。这就像他现在每天早上去健身馆，做的套路跟林乃界一样，数量却比林乃界少一半，林乃界身上还保持着六块腹肌，他只剩下突出的一块。林乃界当然不能接受这个观点，“差不多”是个什么概念呢？是不是马马虎虎的意思？是不是睁一只眼闭一只眼的意思？是不是模模糊糊的意思？是不是放弃底线的意思？这个观点在林乃界身上行不通，他是做眼镜配件的，每一个配件都有标准，差一点点也不行。另外，林乃界做了三十来年的眼镜配件生意，从来没拖欠过别人一分钱，他到客户那里进原材料，一般是三个月结一次款，他有时资金周转不过来，会到陈上水的担保公司借贷一个礼拜，陈上水对他说，你跟客户都是几十年的关系，拖延一个礼拜有什么关系？林乃界知道跟客户说一下对方也能理解，可他觉得亏欠对方，他还是愿意向陈上水借贷给利息，这样心里没负担。陈上水每次说他这是认死理，自己跟自己过不去。林乃界也认为有点认死理，但这样做心里轻松，酒也能多喝几杯。这有什么不好?

林乃界就把下午的事情跟大家说了。

“你这下可真是彻底得罪胡可去了。”陈上水说。

“反正这个工厂我也开不下去了，晚上迟到，就是跟工厂的经理商量这个事。”林乃界还记得，上次就是陈上水找人帮他解的围。

“得罪怎么了，狗生的，难道一个副所长就一手遮天了？怕他个鸟？”苏海啸说。

“老苏你开了三十来年的健身馆，也算一个在生意场上滚打过的人，怎么还说出这么幼稚的话来？我们做生意的人，哪个部门得罪得起？”陈上水说。

“我的健身馆从来不吃这一套，不也是开了三十来年？”苏海啸说。

“你健身馆的客户来来去去也就是我们几个喜欢练健美的老朋友，你可以关起门来做生意。而林乃界的眼镜配件厂不行，诸葛妮的按摩店也不行，我的担保公司更不行。”陈上水恨铁不成钢地看着苏海啸，“你不能因为自己天真单纯，就觉得全世界跟你一样天真单纯。”

“我就天真单纯了，怎么样？如果让我碰到这样的事，我就用我的方式来处理，一分钱也不会让他欠。他如果找我的碴儿，我就去找他的碴儿。他跟我来白的，我就用黑的来对付。”苏海啸的声音高了起来。

“所以你老苏开了三十来年的健身馆，到现在还是健身馆，一点也没发展。”陈上水说。

“我不发展又怎样？天天晚上有酒喝，天天早上可以在健身馆健身。这样的日子就是我想要的。”苏海啸说。

“这也是你老苏让我羡慕的地方啊，你是个彻底的乐观主义者。”陈上水叹了一口气。

“我知道你的意思，你说我乐观过头，是个癫人。”苏海啸说。

“我可没这么说。”陈上水连忙摆手说，“我的意思是我是一个悲观主义者，对这个社会现状很灰心。”

“对社会现状不满，你站出来斗争嘛，如果都像你这样遇事就找人摆平，不是白白助长那些贪官污吏的气焰吗？这个社会现状还能得到改变吗？”苏海啸说。

“我没这个能力。”陈上水苦笑了一下，对苏海啸说，“这个任务只能交代给你。”

“你也不用挖苦我，我别的没有，至少身上还有这把老骨头。”苏海啸拍了拍胸脯。朋友里，他身材最魁梧，脾气最大。他在社会上有一套，一般的政府人员也不敢去惹他。

见他这么说，陈上水没有再开腔。

每次喝酒，陈上水跟苏海啸都会拌嘴，这已成习惯，拌嘴能喝更多酒，胃口也好很多。

菜陆续上来，他们还是老习惯，先喝葡萄酒。葡萄酒的品种经常变，早一段时间是国产的长城，后来一段时间喝各种进口葡萄酒，这段时间又开始喝国产葡萄酒，是新疆一个牌子，叫西域干红。说起这个新疆的葡萄酒还有一个故事，林乃界一个办眼镜配件厂的朋友去讨债，钱没讨回来，讨回一仓库葡萄酒。他知道林乃界喜欢喝酒，送了几箱给他尝尝味道，林乃界觉得不错，也为支持那个朋友，就买了五十箱，存起来慢慢喝。他们的习惯是每个人先喝一瓶葡萄酒，喝完后每人再喝两瓶冰啤酒，不喝到晕晕乎乎的程度谁也不愿站起来。诸葛妮总结他们是醉生梦死，林乃界觉得比较准确。从他的角度看，确实有用酒精麻醉自己的意思，至少喝酒的过程可以让他放松，让他暂时不去想工厂里的事情。

林乃界喝酒的习惯是从办眼镜配件厂开始的。他原来跟苏海啸和陈上水都是信河街业余健美队队员，参加过省里比赛，拿过团体第四名。那时大家都没喝酒的爱好。从办眼镜配件厂的第一天起，林乃界就开始喝酒，刚开始喝白酒，后来喝啤酒，每天睡前都要灌得一躺下就昏睡过去才行，否则的话，他会失眠，没安全感，老是担心工厂被查封。这些年，他多少也算赚了点钱，可他的安全感却越来越差，每天晚上都要靠酒精来麻醉。

一瓶葡萄酒快喝完时，陈上水问林乃界："你真把工厂关了?"

"每月亏损越来越大，经济危机的影响越来越深，看来形势一时半会儿好不起来，趁早关门，还能留点养老的本钱。"林乃界说。

"以后有什么打算?"陈上水问。

"五十多岁的人，过一天算一天，还要什么打算。"林乃界说。

"可你关了工厂，等于断了水源，即使手头有一笔养老金，也是无源之水，坐吃山空啊。"陈上水说。

"我没想那么多。"林乃界说。

"要不这样吧，"陈上水把瓶里所有的葡萄酒倒进杯子里，跟林乃界碰了一下，两人各喝了一半，他接着说，"你把多出来的钱放我担保公司，我包你比办企业赚钱。"

"乳沟，你别听陈上水的话，我听说最近有人跑路了，你如果把钱放他公司，说不定哪天他也蒸发了，你找谁要钱去?"苏海啸插话说。

"苏海啸你还是人吗?"陈上水突然生气起来，看着苏海啸说，"你怎么能说出这样的话？我们还是三十年的朋友吗?"

"你看你看，一句玩笑话就当真了。"见陈上水真生气了，苏海啸的口气马上软下来。

"你知道苏海啸那张破嘴是说不出好话来的。"诸葛妮也出来打圆场，她把酒杯举起来，说，"喝酒喝酒，大家一起干一杯。"

干完后，陈上水放下酒杯，看了看大家，最后又看了看苏海啸说："这样的玩笑开不得，我们是三十年的朋友，连我们这样的朋友都说我跑路了，还有谁敢跟我做生意?”

“这里不是没有外人嘛，兄弟间开个玩笑嘛，别那么小心眼儿，我是没钱，如果有闲钱，也会放你公司。”苏海啸说。

“这才像句人话。”见他这么说，陈上水也笑了起来。

大家开始换喝啤酒。苏海啸叫服务员端来八瓶冰镇喜力。

“工厂关门，那些机器怎么处理?”喝了两杯啤酒后，诸葛妮问林乃界。

“低价卖给我的经理金亮，下午就是跟他谈这个事。”林乃界说。

“他接手工厂?”陈上水看了看林乃界，又说，“那接下来还不得给胡可去整死。”

“他找了一个隐蔽的地方，马上会把机器搬过去，什么手续也不办，照样把生意做起来。”林乃界说。

“那不是黑工厂吗?”陈上水说。

“现在黑工厂比白工厂赚钱啊，什么税也不用缴，金亮很多老乡都是这么干，都发了财了。”林乃界说。

“狗生的，这世道不是黑白颠倒了吗?走正道的人破产，走歪道的人发财。”苏海啸突然厉声骂道，骂完后，他看看林乃界和诸葛妮，口气又缓和了下来，说，“你关了工厂也好，赶快跟诸葛妮去民政局领证，两个人住在一起，我和陈坏水也去讨一杯喜酒喝。”

“老苏，我哪里又得罪你了，你把我名字也改了?”陈上水说。

“‘上水’就是‘下水’，‘下水’就是‘坏水’，反正都不是什么好东西。”苏海啸笑着说。

“他怎么会跟我结婚呢。”诸葛妮哀怨地看了林乃界一眼。

“这就是你林乃界不是了，诸葛妮等了你这么多年，从你结婚等到离婚，现在都等到退休了，你还想怎么样?”苏海啸说。

"你们别想多了，是我配不上她。"林乃界说。

"别假惺惺，你心里从来就没有我。"诸葛妮的声音突然高起来，她喝一瓶葡萄酒后就进入状态，这种状态能维持很久，好几次他们三个都醉了，她没事。

"怎么会没有你呢?"林乃界有点委屈。

"既然心里有我，为什么一碰到我就不能做那事?"诸葛妮说。

诸葛妮这么说，让林乃界无地自容。诸葛妮是他第一个女朋友。他喜欢她，她也喜欢他。可是，他一跟她上床就阳痿，他以为自己这方面有问题，去信河街人民医院检查，没查出什么问题，后来他碰到别的女人，试了试，居然行了。他跟诸葛妮说了这事，诸葛妮掴了他一巴掌，什么话也没说。那个"居然行了"的女人后来成了他老婆。五年后，他老婆想扩大规模，办眼镜厂，林乃界不想办，一个眼镜配件厂已让他喘不过气来，再办一个眼镜厂等于自寻死路，再说，如果办了眼镜厂，其他眼镜厂就不会再到他的眼镜配件厂进货。他老婆骂他死脑壳，眼镜厂可以跟他一个男同学合办，不让别人知道就是了。林乃界最后没同意。他老婆自作主张跟男同学合办了眼镜厂，不久后跟林乃界离了婚，跟那个男同学做了夫妻。

陈上水看看林乃界，又看看诸葛妮，分析说："当年可能是他太爱你的原因吧！现在肯定行的。"

"现在他更看不上我，嫌弃我开按摩店肮脏，碰都不愿碰。"诸葛妮越说越生气，眼睛瞪着林乃界，问他说，"林乃界，你说一句真心话，是不是这样?"

"怎么会呢!"林乃界轻轻说完，低头喝酒。

3

林乃界原本想第二天去赵来来公司结账，结果没去成。

昨晚回家后，林乃界冲了个澡，一躺到床上就睡到凌晨3点。这时醒来真不是时候，起床太早，躺着又睡不着，他干脆爬起来，就着虾干再灌半瓶葡萄酒，晕乎乎爬回床上继续睡。嗯哼！这次睡踏实了。

早上7点钟被金亮的电话声叫醒，金亮在电话那头喊："林老板你快来，我们工厂被偷了。"

林乃界的脑袋本来昏昏沉沉，一听这事就醒了，第一个反应是："我马上来工厂。"

他从床上跳起来，去卫生间撒了一泡尿，刷牙，用冷水冲了脸。要出门时，肚子有点隐隐疼，上卫生间拉了一泡屎，才开着桑塔纳汽车去工厂。

半个钟头后，林乃界赶到工厂，金亮满脸焦急地站在门口，看见林乃界，像看到救星一样，很远就把身子哈起来，嘴里叫着："林老板，林老板。"

金亮是安徽人，十八岁来信河街打工，待过皮鞋厂、打火机厂、眼镜厂、服装厂，做过保安、仓库管理员、推销员、酒店领班、眼镜厂车间主任，短的两个月，长的四五年。到林乃界眼镜配件厂当经理四年多，别看他总是哈着腰，对人一副诚惶诚恐的样子，心里比林乃界明白得多。

林乃界把车停好，问金亮说："怎么会出这种事？你不是安排人值班了吗？"

"是安排人值班了，值班的人被盗贼五花大绑起来，还戴上了黑头套。"金亮说。

“什么东西被偷？你查看过吗？”林乃界问。

“查看过了，偷走一些铜材和半成品镜框。”金亮看了他一眼，接着说，“我估算了一下损失，价值两万多元。”

“搬走那么多东西，难道你们一点儿也没觉察？”林乃界问。

“我确实一点儿动静没听到。”金亮哈着身子，哭丧着脸，抬头看着林乃界，说，“林老板，这事你看怎么办？”

“我能怎么办？报警了没有？让警察来处理。”林乃界知道报警也没用，以前工厂也被偷过，警察来了，立了案，把他叫到派出所做了一个多钟头谈话笔录，后来什么音信也没有。

“还没报警。”金亮轻声地说。

“那还等什么？”林乃界拿出手机，拨通110，报上工厂地址，简单说了失窃的事。挂断电话后，林乃界故意不看身边的金亮，而是转头去看工厂。

严格说来，从今天起，这家工厂已不属于林乃界。这一点林乃界是在来工厂的路上才猛然意识到的，他昨天跟金亮谈妥，也签了协议，半卖半送地把工厂所有机器转让给金亮，金亮分两笔付给他三十万，第一笔十五万已于昨天下午签完协议后转到他的账户里了。金亮提出第二笔十五万在三个月内付清。林乃界本来不同意，他卖掉工厂，无非图个清静，欠着一笔账，难免生出事端来，可金亮向他求情，请他看在这四年多鞍前马后为他做事的分上，宽限他一段时间。金亮这么说，触动了林乃界的感情。三年前，有个工人喝醉酒砸坏一台机器，林乃界扣了他五百元。那个工人第二次喝醉酒后，拿着一把水果刀冲进办公室，林乃界没有思想准备，他扣工人五百元只是一个意思，工人毁坏一台机器可是好几万元，工人应该感激他才对，哪想到会拿刀来杀他，当时傻在那里，一动不动，金亮恰好站在身边，看见这个情形，飞扑到林乃界身上，那把水果刀插在他肩上。那次林乃界也报了警，警察来之前，那个工人跑了，派出所让林乃界去谈话，做了笔录，立了案，最后不了了之。虽然金亮的伤口不是要害部位，但林乃界记住金亮的恩情，如果不是金亮那一扑，那把水果刀可能插到他胸前。从那以后，林乃界对他另眼相看，逢年过节，会另外塞个红包给他。更难得的是，金亮从没提过额外要求，依然尽心尽职地为林乃界办事。这也正是他的聪明之处，他腰哈得越低，林乃界越是不能轻看他。还有一点，林乃界深知办一个工厂不容易，要办一个证件齐全的白工厂不容易，办一个无牌无证的黑工厂更不容易。办白工厂要应付各类政府机构的人员，要小心翼翼把他们伺候好，不能有一点差池，稍一疏忽，就可能倾家荡产。办黑工厂要躲避各类政府机构人员，跟他们打游击，不能让他们知道，更不能让他们逮到，无论被哪个机构逮到，都会被罚款到破产。何况金亮是在这种经济低谷的时刻接手工厂，除了政策危险，又增加一份经济危险。林乃界更能理解金亮刚接手工厂，需要一笔启动资金，如果他把所有积蓄都给了林乃界，等于关掉所有机器的电源。所以，他最后同意金亮的请求，金亮也很感激，他一再对林乃界说，等他缓过气来，一定尽快把另一半款项还上。但今天林乃界的生气不在这里，他一到工厂，就知道金亮叫他来的意思，金亮摸透了他的脾气，知道他肯定不会报警，看到这种情况后，肯定会再从三十万里减去一笔钱。不过，金亮这次打错算盘了，林乃界这次选择了报警，他要给金亮一个态度，从今天起，工厂无论发生什么事跟他无关。

大概过了十五分钟，一辆闪着警灯的警车驶进工厂，在厂房前的空地停下，下来一白一黑两个警察，白的又矮又肥，脸上堆满肉，把眼睛挤成一条缝，走路和说话都有沉重的喘气声；黑的又高又瘦，走动时，两只裤筒空空洞洞地飘荡。白警察林乃界认识，是管辖这一块的片警，林乃界前几次报警都是他来处理；黑警察面生，可能刚调来。白警察脸色严峻地走到林乃界面前，用眼白看了他一眼，重重地喘了一口气，说：“怎么又是你的工厂？”

如果在以前，林乃界看见警察，脸上早早就会堆满笑容，但他今天跟这家工厂已没关系，不用换上虚假的笑容来讨好警察。他见白警察这么问，本想说，你问我我问谁？他的话还没出口，金亮哈着腰，拿出四包早就准备好的中华烟，每人递两包，白警察眼睛没看一下就收了，黑警察犹豫了一下，见白警察收了，他也伸手接了，放进长裤口袋里。金亮赔着笑脸说：“给所长添麻烦了，先抽一根烟。”

对所有来工厂的检查人员都称所长，这招是金亮教林乃界的。林乃界以前没那么多讲究，称姓陈的警察叫陈警察，称姓李的税务官叫李税务，称姓王的工商管理员叫王工商，称姓吴的环保所执法人员叫吴环保，被叫的人个个表情傲慢，从鼻孔里冷冷地哼一声。金亮对他说，他有一次去看守所探望一个关在里面的朋友，发现朋友对所有的警察都叫所长，被叫的警察很受用。他做推销员时，对所有客人都叫老总，被叫的人即使没照顾生意也会笑脸相迎，在酒店当领班时，对所有客人都称领导，没有一个客人不是愉快地答应。林乃界听了金亮的话，后来都以所长相称，对方的态度果然有很大的好转。当然，这跟他从不让这些人走空趟也有关系，他原来没想过给这些人送礼物，觉得每年缴纳了那么多税收，他们理应为他工厂服务，金亮来了之后给他算了一笔账，一年送出五百包的中华香烟就了不得了，不过两万多元，而只要把税务专管员伺候高兴了，税收定额往下挪一挪，工厂一年就可以多出十来万利润。林乃界听了他的话，每年的税收果然少缴了十来万。

接过烟后，白警察的脸色缓和下来，看了林乃界和金亮一眼，喘一口粗气，说：“怎么回事？”

金亮就把事情经过介绍了一遍。

“工厂装监控了吗?”白警察问。

“装了，但摄像头昨晚被那伙强盗给砸了。”金亮说。

“昨晚值班的人呢?”白警察又问。

“在的在的，昨晚被五花大绑起来，弄个半死，现在宿舍休息。”金亮说。

“你去把他喊来。”

“好的，我这就去。”金亮说完就往工人宿舍跑。

厂房前的空地里只剩下林乃界和两个警察，工人们远远站在车间门口，小声议论着什么。白警察等了一会儿，见林乃界没动静，就从自己口袋里摸出两根香烟，递一根给黑警察，黑警察马上从上衣口袋里掏出一次性打火机，先给白警察点上，再把自己的烟点上。白警察猛吸一口烟，声音突然停顿住，过了好一会儿，两股白烟从他鼻孔里直射而出，直扑林乃界身上。林乃界不吸烟，闻到烟味难受，他晃了晃身体，还是没躲开白警察射来的烟味，烟味把昨晚还未完全消退的酒气勾引上来，胸口一阵恶心，皱了皱眉头，看见白警察对他嘲弄地笑了一下，忍不住开口问道：“这次能破案吗?”

“你说呢?”白警察看了他一眼，阴阳怪气地说。

“我怎么知道?”林乃界说。

“不知道你问什么?”白警察的声音高起来，呵斥道。

“你们警察不是专管破案的吗?”林乃界的声音也高起来，挑衅地瞪着他说，“出了事情不问警察问谁?”

“我还没问你呢！你倒问起我们来了。”白警察把烟蒂往地上一扔，把脸一拉，冷冷地看着林乃界。

金亮带着一个人匆匆赶来，推了推林乃界，对白警察说：“所长你别生气，林老板是个直性子的人，你多包涵。”金亮赶紧把那个人推到黑警察面前，说，“他就是昨晚值班的人。”

“什么包涵不包涵，别给老子来这一套。”白警察眼睛瞥了瞥道坦，挥了挥手，转头对黑警察说，“把他们都带回所里。”

黑警察叫林乃界他们上车。金亮和那个工人看看林乃界，林乃界没动，他们也没动。黑警察转头看了看白警察，可能是犹豫要不要伸手拉林乃界。

“我为什么要跟你们去派出所?”林乃界说。

“去作谈话笔录。”黑警察说。

“作谈话笔录可以，但你们得告诉我，这个案子能不能破，如果不能破我去作什么谈话笔录。”林乃界说。

“这是程序。”黑警察说。

“我不要程序，我要结果。”林乃界说。

“你到底想要什么样的结果?”白警察厉声问道。

“所长你先别生气，有话慢慢说。”金亮赶忙说。

“别跟我所长长所长短的，我跟你慢慢说什么?”白警察看也不看金亮。

“我要你们破一次案，我缴了那么多税收，你们一个案也没破，你们觉得这样合理吗?”林乃界这次没有提高声调，他一字一顿地说。

“你这个死也不晓得躺下去的家伙，我没治你的罪，你反倒要求起我来了。”白警察气极之后，反而冷冷地笑起来。

“工厂被盗，莫非你却要把我抓起来不行?”林乃界也冷冷地笑了一声，反问道。

“把你抓起来怎么了?”白警察向前走了两步，指着林乃界的脸说。

“我想问一问，你凭哪一条王法把我抓起来?”林乃界说。

“就凭你破坏了我们派出所良好的治安记录。”白警察说。

白警察的话把林乃界搞糊涂了，他说：“你们的治安记录关我什么事？”

白警察腮帮一鼓，说：“如果不出你这个案子，我们派出所这个月的治安考评就是良好，你工厂一出事，我们所的治安考评就不良好，你说我该不该把你抓起来。”

林乃界一听气得全身发抖，一时说不出话来。金亮见形势不对，马上对白警察说：“所长，我们不报案了，我们不报案了行不行？”

“你想报案就报案，说不报案就不报案，派出所是你们家开的？”白警察斜了金亮一眼说。

“不能因为我们工厂的小事影响派出所考评大事，这个道理我们是懂的。”金亮讨好地笑起来，对白警察说，“我们真的不报案了。”

白警察又瞥了林乃界一眼，慢悠悠地说：“不报案也可以，你们写一张证明，就说没有发生过盗窃，工厂什么也没损失。”

“我写，我写。”金亮担心林乃界又跟警察吵起来，拉他到办公室，伏在桌子上，写了一张证明，又拿了两条中华烟，跑下楼去。

林乃界坐在办公室里一句话也没说。

过了十分钟，金亮上来，林乃界看了他一眼，缓缓地出了一口气，说：“你就从那十五万里再减掉两万吧！”

“谢谢林老板！”金亮哈着腰说。

4

第三天上午 10 点，林乃界开车去找赵来来。他特意去理了个发，从今天起，他跟眼镜行业正式脱离关系，跟让他担惊受怕的工厂也没了任何关联。他现在是个自由人，开始新的人生，虽然还不知道以后的人生怎么走，但有一点可以肯定，那就是跟以前的人生不一样。出门前，他仔细检查了钱包里的欠条，可别小看这张纸条，它价值五十一万两千元人民币啊。诸葛妮知道他今天要去讨债，昨晚不放心，打来电话，问他一个人去能不能搞得定，他说他跟赵来来说好了的，手里握有她亲笔写的欠条，难道她还能反悔不成？诸葛妮说她不是担心赵来来反悔，而是担心林乃界一个人单枪匹马，势单力薄，如果她一起去，遇到什么事情，起码有个人商量。林乃界觉得不可能遇到什么事，赵来来亲口答应他的事，如果他带诸葛妮一起去，反倒显得过于兴师动众。诸葛妮见他这么说，也就没再说什么。

高明眼镜厂跟他原来的工厂在一个工业区。信河街的产业特点非常鲜明，跟眼镜有关的企业都聚拢在一个工业区，分工很细，像林乃界原来的眼镜配件厂只生产镜框一个配件，其他配件都不生产。眼镜厂不生产配件，需要什么配件就到各个配件厂进货，这就要求各个工厂之间距离不能太远，否则运营成本太高。林乃界开车经过原来工厂时，发现工厂已搬空，像被人掏走了五脏六腑，留下一个破败的空壳。这让林乃界有点心酸，有种莫名其妙的失落感。昨天还焕发着一派生机的工厂，一夜之间变成了废墟。

到了高明眼镜厂，林乃界把车泊好，问门卫赵总在哪里，门卫告诉他赵总在三楼的总经理室。林乃界到了三楼办公室门口，看见赵来来侧坐在办公桌后面，她面前站着一个穿西装的中年男人，低着头，听她说话："对方跑路不跑路我不管，是死是活我也不管，你用什么办法我也不管，我只管你把这笔货款追回来。"

赵来来的口气依然缓慢，但林乃界听得出来，她口气里透出一股寒气，像尖刀一样刺过来。林乃界觉得来得不是时候，想退出来，等那个人走后再进去。但赵来来已看见他，她的脸色迟疑了一下，笑容随即绽开在脸上，从椅子里站起来，对林乃界说：“林老板真是稀客，请进来坐。”

说过后，她又转头看了看那个穿西装的中年男人，改用柔和的口气说：“先这样吧，这件事就拜托你了。”

那个人站着没动，还想说什么。赵来来没有让他开口，把脸一沉，挥了挥手，用一种严厉的声调说：“出去！”

那个人低头出去后，赵来来把脸转过来，满脸笑容地看着林乃界，请他在办公桌对面的一张沙发上坐下来，她站起来给林乃界倒绿茶，在她倒绿茶的过程中，林乃界抬头打量了一下办公室，最里面是一个书柜，书柜里摆的不是书，而是各种各样的眼镜。书柜边上有一棵发财树。再前面就是她坐的黑皮靠椅。靠椅前面是一张黑色办公桌，桌上一台电脑、一部电话和一盆君子兰。办公桌前面是两张小椅子。小椅子过来是一张玻璃茶几。茶几再过来就是沙发。沙发边上有两盆万年青。办公室不大，但收拾得很干净，有一股女人香水的味道。

“让林老板见笑了。”赵来来用一次性纸杯泡了一杯绿茶放在林乃界前面的茶几上，在小椅子上坐下来，说，“林老板喝茶。”

林乃界端着茶杯，正在思考怎么把钱包里那张欠条拿出来，赵来来又先开口了，说：“听说林老板把工厂关了？”

“是的。”林乃界觉得她的消息真灵通，点点头说，“今年以来一直亏，一个月比一个月厉害，我撑了半年多，实在是撑不住了，只好当逃兵。”

“林老板不做眼镜配件实在太可惜了。”赵来来一脸惋惜地说，“我进过很多配件厂的货，比较起来，林老板生产的配件质量最好，我听说每一个配件都经过林老板验收。”

“赵总过奖了。”林乃界嘴里这么说，心里却很受用，他不是一个很有自信的人，但有两点很自负：一是身材，他身上有六块明显的腹肌，这是他多年练健美的成果。二是他生产的镜框，他绝对不允许有一个不合格的镜框流出工厂。

“这也不是我一个人的看法，我问了办眼镜厂的其他同行，大家一致公认你的产品好，他们说你本身就是这方面的专家，所有模具都是你设计的。”赵来来继续说。

林乃界心里越发地受用，头有点晕乎乎，脸颊发烫。他觉得如果顺着这个话题继续聊下去，这将可能是他有史以来最享受的一次谈话，会有意想不到的高潮出现。但他的脑子还没有完全发昏，知道今天来这里的目的。他看了一眼赵来来，尽量把话题拉回到他想要的轨道上来：

“可是，产品做得好有什么用，经济危机再加上各种税收，一下就把我的工厂压垮了。”

“是啊，”赵来来看了林乃界一眼，点头说，“生意越来越难做，你刚才也听到了，我这里又有一个顾客拿了货款跑路了。”

“赵总是大企业，又有后台支持，自然能够应对。”林乃界奉承地说。他觉得在开口向对方讨债前，最好先捧一捧对方，把对方捧得越高，就越不容易下台。这一点他也是从金亮那里学来的。

“让林老板笑话了，我的工厂算什么大企业，只不过是小打小闹，赚一份工资钱而已。”说到这里，她的身子朝林乃界这边靠近一些，压低声音说，“不瞒林老板说，我连这个月给工人发工资的钱还没着落呢，你看看，这两天急得上火，脸上都出痘痘了。”

林乃界心里一惊，他明白自己在引导话题方面根本不是赵来来的对手，她始终掌握着话题的方向盘。他发现，跟赵来来说越多的话，他就越发不好意思把钱包里的欠条拿出来，她都说工资发不出了，自己还好意思向她要债吗？但林乃界知道赵来来说的是假话，经济危机对她的工厂肯定有影响，但影响肯定不会很大，因为她有一个当税务所副所长的老公，可以拿别人的货不给钱，这样的生意谁不会做？这样的工厂怎么会发不出工资？她只不过是故意哭穷，做样子给他看。他当然不会上当。别看她长得这么美丽，说话声音这么温柔，可林乃界一想到他的老公，就觉得她所有外表都是假的，她跟老公一唱一和，到他工厂拿了那么多货，她也算是办工厂的人，知道办工厂的难处，为什么不能替别人想想呢？这么想后，林乃界觉得再也没什么好犹豫的了，也没什么不好意思的了，这时要果断出手，不要优柔寡断。想定后，他接口说："赵总真会开玩笑，整个工业区谁不知道你的工厂最赚钱。"

"那都是别人瞎传的，林老板怎么也信?"赵来来说。

"我当然信。"林乃界笑了一下，继续说，"我听说赵总去所有的配件厂拿货都不给钱。"

赵来来大概没想到林乃界会说出这样的话，愣了一下，一时答不上话来。林乃界觉得机会来了，掏出钱包，拿出那张欠条，看了看，递给赵来来，说："我的工厂也关闭了，以后就靠这笔钱养老，希望赵总能把这笔账结了。"

"好的，欠林老板的账我一定会还。"赵来来已经回过神来，拿着欠条，对林乃界笑了一下说。

赵来来的态度出乎林乃界的意料，她答应得太爽快了，爽快得让林乃界觉得不真实，让他怀疑自己是不是太小人了，怎么能把赵来来想得那么坏。她不是一口就答应还钱了嘛，这让林乃界愧疚了，他真心地对赵来来说："如果我有做得不对的地方，请赵总多包涵。"

"林老板怎么这样说呢，欠债还钱是天经地义的事。"赵来来脸上的笑容淡定地溢开来，看着林乃界，话锋一转，"可我目前真是周转不过来，这样吧，你再宽限我一段时间，等我缓过气来，一定双手捧上。"

林乃界的心一凉，知道高兴得太早了。这时，他看见赵来来要将欠条收起来，便霍地一下从沙发里站起来，从她手里夺过欠条，说：“宽限一段时间可以，但你得给我一个确定日期。”

“这个真没法确定，我唯一能确定的，就是资金一旦周转过来，马上还你的债。”赵来来并不在意林乃界从她手里夺走欠条，依然笑着说。

林乃界现在知道自己把这事想得太简单了，今天想把这笔债讨回来已不可能。他甚至感觉出来，赵来来压根没想还这笔钱，但不明说，她说要等她资金周转过来，这是什么概念？什么时候算周转过来？林乃界知道再说下去也不会有什么结果，赶紧回去想别的对策。这么想后，他就把那张欠条收回钱包里，转头对赵来来说：“既然这样，我过两天再来。”

赵来来笑着站起来，说：“其实你不用辛苦地跑来跑去，有钱后我会第一时间通知你。”

“还是我来吧。”林乃界说。

“好吧，你愿意来，我当然欢迎。”赵来来笑着说。

5

当天晚上，林乃界约陈上水、苏海啸和诸葛妮到东海渔村喝酒，也让他们出主意。他们听了之后，一致认为赵来来想赖账，她不是没钱，而是根本没想还钱。确定这一点后，问题的焦点就集中在用什么方法才能把那 512000 元要回来。

苏海啸最先出主意，他说叫几个社会上的人去工厂闹一闹，砸掉几块玻璃，拿刀吓唬吓唬，她不得乖乖把钱还回来？陈上水对苏海啸的主意很不以为然，觉得层次太低，他出了两个主意：一是让林乃界背着床铺，每天到赵来来办公室打地铺，直到她还货款为止。二是擒贼先擒王，胡可去是赵来来的后台，他是国家工作人员，多少会有所顾忌，拿着欠条直接找他把事情解决了。诸葛妮也提供了一种方案，她说现在欠债的人是爷，被欠的人是孙子，想把钱讨回来，得用点策略，她有一个女同学叫项美丽，是赵来来的闺蜜，她可以让项美丽跟赵来来打个招呼，走人情路线。

四种方案里，林乃界比较认可诸葛妮说的人情路线，这种方式最温和，最符合他的性格。其次是陈上水提供的方案，如果朋友打过招呼后赵来来依然不给钱，拿着欠条去找胡可去也不失为一种办法，他们毕竟是夫妻，胡可去又是公职人员，事情闹大了对他影响不好。不过，不到迫不得已，林乃界不想去找胡可去，他不想再见他，更不想跟他有任何来往。苏海啸提供的方案林乃界不能接受，他痛恨胡可去及派出所的警察，认为他们的行为跟强盗无疑，如果接受了苏海啸的方案，他跟胡可去和警察又有什么区别。最不能让林乃界接受的当然是去赵来来办公室打地铺，他是讨债，又不是讨饭，干什么弄得那么没尊严？

陈上水也认可诸葛妮的方案，他说先试试，如果行不通，再找胡可去也不迟。苏海啸对陈上水和诸葛妮的软弱很不屑，他说跟那些狗生的说什么人情，如果他们还有人情的话，怎么可能做出这种事来？既然他们是土匪，我们就要用更土匪的办法对付，不能委曲求全。陈上水见苏海啸这么说，冷笑了一下，问你是不是把自己想得太强大了，人家的后台是政府，你凭什么跟政府斗？苏海啸白了他一眼，说，有什么了不得，大不了拼个鱼死网破嘛。林乃界知道他们再说下去又会斗起嘴来，赶紧转移话题，让诸葛妮先跟项美丽联系，有消息再通知他。

第三天下午，诸葛妮给林乃界打来电话，说："项美丽回话了，让你去一趟赵来来的工厂。"

林乃界问她说：“是现在去吗？”

“是现在。”诸葛妮说。停了一下，又说，“我跟你一起去吧。”

林乃界想了一下，觉得也好，有了项美丽的关系，诸葛妮和赵来来之间就有了一种纽带，说起话来会亲近一些。挂完电话后，他开车去按摩店接诸葛妮。

诸葛妮开的叫魔境按摩店，里面有几十个专业技师，男女都有，有几个是从中医大学毕业的，拥有特级技师职称。但林乃界也知道，按摩店里有一批完全不会按摩的女技师，这些女技师经常换，每来一批，诸葛妮便安排特级技师对她们进行一个礼拜突击培训，然后挂牌上岗。林乃界知道这些女技师是做什么工作的，他和苏海啸都是按摩店的小股东，为了这个事情，苏海啸还开他的玩笑，说，乳沟，你不是自称从不做违法的事情吗？林乃界也笑着对苏海啸说，跟你做了这么多年的朋友，不知不觉中便同流合污了。林乃界知道苏海啸是在嘲笑他平时的迂腐，他的内心其实也矛盾，知道这么做是违法的，却有一种隐秘的兴奋，有一种在别人背后偷吃东西的快乐。但他几乎不去按摩店，也很少去诸葛妮家。诸葛妮倒是常来他家，给他洗衣服、换被单、打扫房间，也在他家留宿，他做过各种努力和尝试，很遗憾，就是不行。在这件事上，诸葛妮对他心里有气——为什么跟别的女人行，跟她就不行呢？林乃界觉得愧疚，对不起诸葛妮，他也想努力表现，总是屡战屡败。

林乃界在离按摩店一百米远的路口停下车，打电话叫诸葛妮出来。他每次都这样。过了十五分钟，他看见诸葛妮朝这边走来。很显然，她做了精心打扮，齐耳的短发刚刚修剪过，画了眉，涂了口红，脸上扑了淡淡的粉，戴一对银耳坠。穿一身紫色旗袍，黄色披肩。手挎黑色小皮包。脚穿黑色高跟鞋。诸葛妮从小皮肤就好，又白又细。虽然没有生育过，身材却像一朵开放了的花。看起来比实际年龄要小十岁。上车后，诸葛妮瞥了林乃界一眼，说：“听说赵来来是个美女？”

一听这话，林乃界就知道她今天为什么要打扮成这样了，她个性要强，做什么事都想赢，林乃界是唯一给她失败感的人，也正是这样，她更是把林乃界看成一件私人物品，如果林乃界跟别的女人多说一句话，她心里会不高兴。林乃界用淡淡的口气说：“还可以吧！”

“我跟她比，谁美一些？”她紧接着问。

“当然是你。”林乃界说。

开出一段路后，诸葛妮又问林乃界：“我这身打扮不会给你丢人吧？”

“还行。”林乃界敷衍地说。

“你这个人怎么回事，别人为你的事尽心尽力，你连一句好听的话都不会说吗？”诸葛妮生气地说。

“是挺漂亮！”林乃界只好又看她一眼。

“有没有一点心动？”诸葛妮问。

“有。”林乃界心里叹了一口气。目光盯着前方，装出专心开车的样子。

“你不用担心。”停了一会儿，诸葛妮又说，“我的同学项美丽说她跟赵来来的关系很铁，她说赵来来接了她的电话后，答应一定想办法解决。”

“通过上次的接触，我感觉到赵来来不会轻易还货款。”林乃界说。

“或许赵来来看在项美丽的面子上也说不定。”诸葛妮说。

“现在也只能死马当作活马医。”林乃界说。

说话间，他们到了高明眼镜厂，泊好车子后，林乃界问门卫，赵总在不在，门卫说在办公室。林乃界领着诸葛妮来到三楼。赵来来没在办公室。林乃界到隔壁财务室问一个小姑娘，她说赵总刚才还在，可能去车间了，问他找赵总有什么事，林乃界说跟赵总约好下午来谈事。她说你等一等，掏出手机要打，还没拨出去，就看见赵来来从走廊走过。她首先看见林乃界，主动笑着打招呼说："林老板好！"

"赵总好！"林乃界谢了那个小姑娘，转身跟赵来来打了一声招呼。

"你好！"赵来来也笑着跟诸葛妮点点头，又转头问林乃界说，"这位是？"

"我是项美丽的同学，叫诸葛妮。"诸葛妮说。

"你好，你好，"赵来来连忙伸出手，握住诸葛妮的手，说，"我早就听项美丽说起你，今天终于见到了，快进我的办公室。"赵来来拉着诸葛妮的手，进了办公室。林乃界跟在她们身后。

进了办公室后，赵来来请诸葛妮和林乃界坐在沙发里，用搪瓷杯泡了两杯绿茶。然后，她才在沙发前的椅子上坐下。林乃界能感受到赵来来的神态似乎比上一次更加从容，笑容里带着一丝淡淡的嘲讽，说话轻声轻气，声音像从鼻腔里发出来，却有一种无形的气度和力量，好像一切都在掌控之中。诸葛妮脸上也一直挂着笑容，说话时，把头仰起来，眼睛一直盯着赵来来。一开始，她们试探地说着客气话，话题都围绕着项美丽，各自说与项美丽的关系，看谁的关系更铁。通过她们的谈话，林乃界才知道项美丽是信河街银行一个处长，主要负责贷款发放。

赵来来给他们的茶杯续第三次水时，诸葛妮笑着对赵来来说："不用再续水了，时间不早了，我们谈谈那笔货款的事吧。"

"好啊，项美丽交代我一定要把这件事办好。"赵来来也笑着说。

"那就谢谢了。"诸葛妮说。

"这事应该我谢你们才对，本来早就该给你们货款的。"赵来来转头看了林乃界一眼，慢慢地说，"我上次就跟你说过，最近工厂的资金实在是周转不过来，请你再等一段时间，我说的都是实情，工厂现在确实没钱，可项美丽打电话来，我们是好朋友，这个面子我不能不给。放下电话后，我想了很久，终于想出一个两全其美的办法，你看这样行不行：512000元的货款先放我这里，就当是入了我工厂的股份，你觉得怎么样？”

“我不要股份，只要货款，我连工厂都关闭了，还要股份干什么呢？”林乃界想也没想地说。

“问题是我现在真的没钱。”赵来来摊了摊双手。

“我不相信你没钱。”林乃界说。

“如果林老板不相信，我也没办法。”赵来来笑着说。

“那你说说看，入股后有什么好处？”诸葛妮问赵来来。

“老实说，工厂目前这个情况，我也说不出有什么好处。”赵来来笑着对诸葛妮说。

“既然没有好处，凭什么要别人入股？”诸葛妮的声音高了起来。

“我只是给项美丽一个交代。”赵来来还是微笑着，嘴唇颤抖了两下。

“我们要这样的交代干什么？我们要的是货款。”诸葛妮说。

“我现在确实没钱。”赵来来看了诸葛妮一眼，眼睛低下去。

“现在没钱也没关系，你说个确切的还钱日期也行。”诸葛妮说。

“这个我也说不上来。”赵来来说。

“我听出来了。”诸葛妮冷笑了两声，看着赵来来说，“你分明是想赖账。”

“我没有赖账。”赵来来说。

“没赖账你就给钱。”诸葛妮说。

“我现在确实没钱。”赵来来说。

“不给你就是赖账。”诸葛妮说。

这时，财务室的小姑娘走进来，拿着一沓发票让赵来来签字，赵来来看了一眼，把笔一扔，突然尖声说道：“你没看见我现在有事吗？出去出去。”

小姑娘吓得脸色全白，转身跑出去。

“我现在确实没钱，你们逼我也没用。”赵来来很快把情绪调整过来，看看诸葛妮，又看看林乃界，轻轻地说。

“我也没逼你，只要你说一个确切的还款日期。”林乃界说。

“这个我真说不好，如果随便说个日期，到时做不到，岂不成了一个不讲信用的人。”赵来来的情绪完全正常了，笑着对林乃界说。

“那我以后只能每天来你工厂了。”林乃界说。

赵来来笑了笑，妩媚地说：“只要林老板肯来，我每天管饭。”

“真不要脸。”诸葛妮一听赵来来这句话，霍地一下从沙发里站起来，见林乃界还坐着，冷笑着说，“你是不是要留在这里吃饭？”

林乃界也站起来。

“林老板，欢迎你入股来我工厂上班。”赵来来慢慢地站起来，笑着对林乃界说。

“真是臭不要脸。”诸葛妮骂了一句，大步走出门去。林乃界赶紧跟出去。

6

诸葛妮认为林乃界再也不能去找赵来来讨债了。赵来来的态度很明显，她根本没准备给林乃界货款，入股只不过是一个幌子，一种托词，如果入股后林乃界每天都去赵来来工厂上班，她可能会人财两空。所以，她现在支持陈上水提供的方案，擒贼先擒王——去税务所找胡可去要债。

那天晚上，他们四个人又在东海渔村商量这件事，大家意见一致，赵来来是一块经过千锤百炼的牛皮糖，刀砍不断，水泼不进，想从她那里讨回货款的可能性等于零，接下来应该把目标转向胡可去。现在摆在面前的一个问题是谁陪林乃界去找胡可去？四个人里，对付胡可去这样的政府工作人员，陈上水经验最为丰富，问题是陈上水跟胡可去打过交道，有共同的朋友，不太方便出面。苏海啸倒愿意去，林乃界觉得他不合适，苏海啸性格暴躁，一句话不和，说不定就打起来，这次目的是讨债，可以吵，可以闹，但绝对不能打架，一打架就会惊动派出所，派出所的人不可能为林乃界说话，到时候钱没讨回来，人却进去了。诸葛妮也表示愿意陪林乃界去，但林乃界觉得她去的利弊对半分，她去的话，对吵闹有好处，可以把声势造大，但她不会控制情绪，情绪来了，把握不住分寸，反而坏事。想来想去，林乃界决定一个人去。

第二天上午，林乃界开车到税务所，没有见到胡可去，他在二楼办公室的门关着，去向牌上写着“不在岗”。林乃界问税务所里的人，才知道他上午去企业检查。没有碰到胡可去，林乃界发现心里反倒轻松了一下，他暗暗地骂了自己一句：“林乃界，你真是个贱货，现在工厂不办了，你还怕个鸟？”

老实说，林乃界心里还真是有点憷胡可去。论年龄，胡可去比他小；论个子，他比胡可去高；论身材，他比胡可去好，为什么憷胡可去呢？他觉得不外是两个原因：一是胡可去的神态，每次胡可去到他的眼镜配件厂（胡可去很少来，最多平均一年一次），踱着方步，一脸傲慢的表情，高仰着头，眯着眼睛，从来没用正眼看过他。每一次来，都是在车间看看、到财务室看看，什么话也没说。胡可去没说话，反倒让他害怕，不知道胡可去心里的想法。二是胡可去那一身制服，那身深蓝色的制服代表着权力，这种权力可以决定他工厂的生死存亡，这让他每次看见这身制服就会手脚发软，喘气吃力，有一种大难临头的感觉。当然，也不仅仅是胡可去穿的制服，包括警察穿的制服、工商管理员穿的制服、环境监察人员穿的制服、消防员穿的制服，所有制服对他都有一种震慑力，让他自卑，让他恐慌，让他没有安全感。这种心理已深入骨髓，他办工厂的时候怕他们，现在不办工厂了，阴影还是不能除去。

不过，林乃界现在的心态毕竟跟办工厂时不同，他在心里说："林乃界，你要记住一点，胡可去现在不能把你怎么样了，他就是当局长也管不着你了。他现在欠你货款，应该他怕你才对。"

这么想后，林乃界胆子也壮起来。既然来了，没有退回去的道理。他走到一楼，一楼有个服务台，服务台里坐着一个穿制服的女孩子，大概二十出头的年纪，戴一副木框眼镜，是今年最流行的款式。林乃界瞥了一眼，就断定她这副镜框不是信河街生产的，他原来的工厂做不出这么好的镜框，其他工厂更做不出。那个女孩子低头入迷地看着电脑。林乃界在角落里找个座位坐下来，坐了大概十五分钟，那个女孩子一直对着电脑，不时发出几声压抑住的笑声。他对自己说："林乃界，你不能这样被动地等下去啊，你是来讨债，又不是来讨饭，胡可去不在，你可以打手机给他嘛。"

林乃界认为这个想法很对，也符合他讨债人的身份，凭什么在这里傻等呀？要主动出击才对嘛。他站起来，走到服务台前，连问那个女孩子三声"你好"。第一声她没答理林乃界，第二声她说"等一下"，林乃界等了五分钟左右，见她对着电脑笑了两次，叫了第三声，她才把头抬起来，看了林乃界一眼，皱着眉头问他，你有什么事？林乃界说，你能不能告诉我胡可去副所长的手机号，我找他有急事。她警惕地看了林乃界一眼，说，我们领导的手机号是不能随便给外人的。林乃界灵机一动，说我是高明眼镜厂的，找胡可去副所长真有急事。见林乃界说是高明眼镜厂的，女孩子的神情马上就放松了，说胡所长上午去企业检查了。林乃界说，我知道，只想问他什么时候回来。那个女孩子不再多问，极快地把胡可去的手机号报给林乃界，又低头去看电脑。

林乃界拿了手机号，走出一楼，来到税务所外的马路上，做了几次深呼吸后拨了胡可去的手机，第一次拨过去，没接；第二次，也没接；第三次，还是没接。林乃界知道，像胡可去这样的政府工作人员，一般是不接陌生电话号的。又过了十五分钟，林乃界拨了第四次，铃声响了六下，话筒那头传来低缓的声音："嗯?"

尽管林乃界已做好心理准备，听见这个声音时，心里还是颤抖了一下，不由自主地把腰哈下来，喉咙发干，声音发颤："是胡可去所长吗?"

"你是哪位?"胡可去问。

从声音里，林乃界仿佛看见胡可去正高仰着头，眯着眼睛，一副高傲的表情，好像到他工厂检查一样。林乃界猛地明白过来，他跟胡可去的关系已发生了根本性的变化，他是债权人，胡可去是债务人，严格说起来，他现在的地位比胡可去高，应该胡可去对他哈着腰才对。想明白后，他把身子直起来，清了清喉咙，说："我是林乃界。"

"谁?"

"林乃界。"

"林乃界是谁?"

"我是恒光眼镜配件厂的林乃界。"

"哪个恒光眼镜配件厂的林乃界?"

对话到这里，林乃界发现自己的腰又不知不觉哈下来。狗生的胡可去根本没有把他放在眼里，不但没记住他的名字，连他工厂的名字也没记住。胡可去根本就把他当作一堆臭狗屎，这大大出乎林乃界的意料，也大大地打击了他的自尊心。他能够感觉到胡可去的傲慢从手机那头传输过来，压得他膝盖骨发软，拿手机的手发抖，他几乎是带着恳求的声调说：“我跟你一起吃过饭的。”

“喔?”胡可去犹豫地应了一声，仿佛在想什么时候一起吃过饭。过了一会儿才问，“你有什么事?”

“我在你单位，你什么时候能回来?”林乃界说。

“你电话里说吧，我现在有事。”胡可去的声音显得很不耐烦。

“我想跟你碰一下。”林乃界说。

“我现在没空。”

林乃界听见手机里传来一阵“嘟嘟嘟”的声音，他先是觉得被人当胸擂了一拳，然后被孤零零地抛弃在一个空寂的地方，四周一点儿声音也没有。

也不知站了多久，林乃界才回过神来，双腿沉重地走向汽车。坐进车里，大口大口地喘气，身体慢慢恢复力气后，他才发动汽车开回家。

在家楼下的面馆里吃了一碗不知味道的鱼丸面，林乃界快步走回家，躺在客厅的沙发里，越想越不是滋味：“丢人，林乃界你太他妈丢人了，人家欠了你的钱，还不把你当人看。”

过了一会儿，他又喃喃自语：“不行，不能就这么便宜胡可去这个孙子，老子一定要讨回这笔债。”

相对于胡可去，林乃界认为赵来来的态度比较容易让他接受，他当然也知道赵来来可能埋藏得更深，可是，无论怎么说，赵来来还是笑脸相迎，泡茶、让座，基本礼数都做到了。胡可去太目中无人了。他觉得这事情远远没有结束。

当天下午 3 点钟，林乃界又来到税务所，看见胡可去办公室的门关着，去向牌显示“不在岗”。林乃界没再打他手机，回到汽车里，他下了决心，一定要等到胡可去。

可是，当天下午胡可去没回单位。林乃界没气馁。他反倒认为今天下午没碰到胡可去更好，因为他发现等待胡可去的过程就是在心里一点点瓦解胡可去的过程。他原来对胡可去和他所供职的单位充满神秘感和权威感，现在他就在胡可去的老巢，不过如此嘛，来来往往的人，也没有三头六臂。接下来，他进一步地想，胡可去没回办公室，说明他上午的电话是起作用的，胡可去的傲慢是伪装的，其实是一只纸老虎，一接到他的电话，连单位也不敢回来了。

这一点猜测，林乃界在第二天上午得到更进一步的巩固。他又等了一个上午，胡可去的人影还是没在单位出现。他回家吃了中饭，下午又回到税务所守候。

第二天下午3点刚过，胡可去终于出现了，他开着一辆绿色路虎越野车，这车林乃界见过，他有时去眼镜配件厂检查就开这辆车。林乃界看着他把车开进车库，然后从车里滑下来，手里拿着一包东西，他把那包东西夹在腋下，弓着身子，眼睛四下看，好像在找什么人，又好像刚做了什么坏事担心被人看见，脸上挂着不自然的笑容，想笑却又不知该对谁笑的样子。林乃界一看，用手掌拍了一下大腿，快活得差一点笑出声来，嘴里骂道："胡可去，老子今天终于看清你这孙子了。"

眼前这个胡可去完全是一个鬼鬼祟祟的家伙，他以前傲慢的神态哪里去了呢？林乃界的结论是：这才是胡可去的真面目，他只有到企业去，见了林乃界这样的人，才换上另一副面孔。

林乃界坐在汽车里没有动，看着胡可去弓着身子走进一楼，看见他爬上楼梯，到了二楼的走廊，来到他办公室门口，掏出钥匙，开门进去。林乃界又盯着那扇开着的门看了十五分钟，没有看见胡可去再出来。他掏出怀里的钱包看了看里面的欠条，拔了车钥匙，开了车门，双脚稳稳地站在地上后，回身锁好车门，然后才一步一步地朝胡可去的办公室走去。

到了胡可去的办公室，他直接走进去，看见胡可去正在看电脑，脸上有不同的颜色闪过。他故意咳嗽了一声，指名道姓地叫一声："胡可去。"

胡可去听到叫声后，右手的食指在鼠标上按了一下，脸色一白，抬头看了林乃界一眼，脸上的神情一愣，问道："你是?"

"我是恒光眼镜配件厂的林乃界。"胡可去办公桌前有一张椅子，林乃界暂时不想坐，他正好可以俯视胡可去。这种感觉很好。

"你找我有什么事?"胡可去的声音迟疑又轻微，他似乎想起昨天那个电话了，问完后，把两手缩回胸前，极快地握了一下。

林乃界看见胡可去的右眼皮抽搐了一下，咽了一下口水，又干咳了一声。哈哈，他紧张了，狗生的胡可去也会紧张，他平时不是一副盛气凌人的样子吗？现在软蛋了吧？被踩住尾巴了吧？林乃界知道自己开局良好，打了胡可去一个措手不及，乱了他的阵脚，他表面不动声色，内心一阵狂喜。这时不能手软。他眼睛盯着胡可去说："我是来讨债的。"

"讨债?"胡可去看了看林乃界，摇了摇头，说，"讨什么债?"

"你一共拿了我工厂 512000 元的货款，我现在工厂不办了，要把这笔债讨回来。"林乃界说。

"我欠你货款？你有没有弄错?"胡可去问。

"没有弄错，我这里有你老婆赵来来写的欠条。"林乃界掏出钱包里的欠条给胡可去看。在心里想，现在证据确凿，看你怎么说?

胡可去眼睛瞥了下那张欠条，又拿到眼前仔细辨看。

"不会错的，上面按的是你老婆的手指印，不信你可以打电话问一下。"林乃界说。

让他没想到的是，胡可去并没有给赵来来打电话，看过后，他脸上的神情反倒坦然了下来，继而把脸拉长，冷冷地把那张欠条递回给林乃界说："这是赵来来的事，有事你去找她。"

"赵来来是你老婆，她的工厂就是你的工厂，我已经找过她，她不还钱，我当然来找你了。"林乃界故意提高声音。他想让税务所的人都听见，让大家都知道胡可去欠他的货款，让胡可去无路可退。

"我跟她没有关系，你不要来找我。"胡可去的声音也高起来。

"怎么会没关系呢?"林乃界现在不怕胡可去声音高，这恰恰是他希望的。他也跟着把声音再提高一些，"赵来来是你老婆，我不找你找谁?"

"她不是我老婆。"胡可去突然笑起来。

"你骗老百姓呢?"林乃界被他笑得心虚，但事已至此，只能硬着头皮说，"整个工业区的人都知道你们是夫妻，你却说赵来来不是你老婆。"

"我说不是就不是。"胡可去虽然还坐在座位里，但他的脑袋已高仰起来，眼睛眯起来，斜看着林乃界，"你现在可以出去了，我还有事。"

"我不会出去的。"林乃界说，"你别想一句话就把我打发走。"说完，林乃界干脆在他办公桌前的椅子上坐下来。

"你想干什么?"胡可去身体先往林乃界这边靠了靠，又朝后仰去，突然站起来，脸上的笑容已收，厉声喝道，"难道想在我这里闹事?我看你是找错地方了。"

"除了讨债，我没想干别的。"林乃界说。胡可去刚才的那一声厉喝，他心里还是颤抖了一下，有一股模模糊糊的东西冲上脑袋。他又有点尿急了。另外一点，他喊叫了这么多声，税务所里没有一个人到胡可去办公室来。

“我跟你说过，赵来来跟我没关系，讨债别找我。”胡可去一字一顿地说。

“我不信。”林乃界说。

“你爱信不信，给我滚出去。”胡可去说。

“你不还钱我就不走。”林乃界说。

“好吧！好吧！老子今天踩到狗屎了，被一只癞皮狗缠上。”胡可去又冷冷地笑了两声，说，“既然这样，老子索性让你死个明白吧。”说完，他从抽屉翻出一个绿色的本子丢给林乃界。

林乃界看了看，是一本离婚证书，翻开来一看，上面是胡可去和赵来来的照片，他又看了一眼，嘴里又干又苦，嘴皮嚅动了一下：“这怎么可能？”

“现在滚吧。”胡可去用鄙夷的眼神看着他。

林乃界觉得被人一拳打倒在地，他挣扎着从椅子里站起来，不敢抬头看胡可去，艰难走出办公室。

7

这一次打击，让林乃界丧失了再见胡可去的勇气，他在心里说：“太丢人了，林乃界你这回丢人丢大了，钱讨不回来也就算了，把人彻底丢尽，以后怎么活呀？”

回家后，他把自己关了一个礼拜。诸葛妮要来他家，他不开门。陈上水请他喝酒，他不去。连苏海啸叫他去健身馆也不去，苏海啸在电话里问他：“乳沟，到底遇到什么情况，能让你停下坚持三十几年的健身？”

“只是有点累了，休息几天就好。”林乃界说。这是他的真心话，从胡可去办公室出来后，他基本上放弃这笔货款了。他觉得尊严扫地，这一次是完全被打倒在地，再也爬不起来了。这一礼拜，他在家“舔伤口”的同时，也想明白了一个道理——工厂都不办了，还执着于那一笔货款干什么？是那笔钱重要？还是做人的尊严重要？当然是尊严重要。这些天，他也逐渐想开了，反正手头还有一笔余钱，再加上金亮欠的十三万，下半辈子的生活能过下去就行，何苦为了那笔钱弄得灰头土脸？想是这么想，但他不能想起胡可去那鄙夷的眼神，一想就会掴自己一耳光。

七天后，诸葛妮约大家去东海渔村喝酒，林乃界才肯出门。他知道这是诸葛妮专门为他安排的。

酒桌上，大家问林乃界货款的事，他不开口，只是低头喝酒。问得多了，他满了一杯酒，举起来敬大家说：“以后别再说那货款的事，我多谢朋友们了。”

见他这么说，诸葛妮倒是不问了，陈上水和苏海啸却不肯放过，他只好回答说：“那笔货款我不要了。”

“你有毛病呀？自己的钱为什么不要？你不去，我替你去讨。”苏海啸说完后，又半开玩笑半认真地补充一句，“讨回来的钱你我对半分。”

“你也别去了。”林乃界说。

“为什么？你不让我去一定要说出道理来。”苏海啸说。

“总之，我不要就是了，你也别问。”林乃界有点生气地说。

见林乃界真生气了，诸葛妮出来打圆场，举起酒杯说：“好了，不说这个话题，大家喝酒。”

又喝了一会儿，就在一瓶葡萄酒快喝完时，陈上水试探地问了他一句：“你是不是遇到什么委屈了？”

林乃界一听，心里一酸，眼眶一红，鼻翼扇了扇，差点掉下眼泪来。他控制一下情绪，停了停，喝一大口酒，看了他们一眼，说："太丢人了。"

"怎么了？有什么事你说出来。"陈上水说。

林乃界又看了一眼他们，把找胡可去讨债的经过说了。说完后，他举起手想掴自己一巴掌，想想又忍住了。在朋友面前掴自己的耳光，也不是一件光彩的事。他想了想，又说了一句："真是太丢人了。"

"不对呀。"喝了一杯酒后，陈上水看着林乃界说，"我前天晚上跟税务局的朋友吃饭，他还说起早两天跟胡可去夫妇吃饭的事。"

"你还等什么呀？快打电话问问税务局的朋友。"苏海啸催他说。

"我这不是正准备打嘛。"陈上水掏出手机，给税务局的朋友打电话。

电话接通了，陈上水对电话那头说，他刚听一个消息，胡可去跟老婆离婚了？对方说没有哇，他早几天还到胡可去和赵来来家里吃饭，他们一点没有分开的迹象，陈上水说有人都看见他们的离婚证了，陈上水这么一说，电话那头就笑了起来，说，那是假的，是信河街一个独特现象，信河街很多家庭结构是一方在政府机关上班另一方在办工厂或者做生意，有些家庭就去办了离婚证，一是从法律上脱离两方的关系，万一出事，可以保全一方，二是办了离婚证，做生意那一方办事方便，譬如去银行贷款就不用夫妻双方到场。大概胡可去他们也是这种情况。

放下电话后，陈上水看看大家，大家也都看着他。苏海啸突然感叹说："陈坏水啊，我对不起你。"

"怎么了？"陈上水问。

"我一直以为你是天底下最坏的人，没想到还有人比你更坏。"苏海啸说。

“你这是骂我还是夸我?”陈上水说。

“当然是夸你啦，同时祝贺你终于摘掉人品最差的桂冠。”苏海啸笑着说。

“彼此彼此。”陈上水笑着说，“如果我的人品不行，你跟我交了这么多年的朋友，也不见得好到哪里去。”

“你们不要打情骂俏了。”诸葛妮不得不打断他们的话，对他们说，“一起帮林乃界想想办法吧。”

“对对对，这事不能就这么算了。”苏海啸说。

“你是什么意见?”陈上水问林乃界。

“当然不能就这样算了。”诸葛妮抢过话头，断然地说，“这两个人都不是好东西，那个女的更坏，一看就是个狐狸精。”

“对，一定要跟他们干到底。”苏海啸附和道。

“老苏你别瞎起哄，我们先听听林乃界怎么说。”陈上水说。

“怎么叫瞎起哄? 我这是表明态度，坚决跟这帮狗娘养的畜生战斗到底。”苏海啸说。

陈上水不理苏海啸，转头去问林乃界说：“你觉得呢?”

林乃界也不知道说什么好，他一直低着头，刚才听到假离婚证的事情后他没有愤怒，他以前也听说过这种事，只是当时没有跟胡可去联系起来而已。老实说，他心有不甘，可不是吗? 脑子里不时会浮现出胡可去那鄙夷的眼神，忍不住想掴自己的耳光，如果彻底心死，还会去想这些事吗? 可是，他心里又想，即使知道他们是假离婚又能怎么样呢? 还是放弃吧！少惹他们，就算从来没有那笔货款。所以，他们在谈话时，林乃界只是低头默默地喝酒，见陈上水这么问，他也没抬头，只低低地说一声：“还是算了吧!”

“不行，不能这么算了，一想起那个狐狸精我就来气。”林乃界话刚说完，诸葛妮马上接口说，“大不了来个鱼死网破。”

“就是，不能就这么算了。”苏海啸说。

“能把他们怎么样呢？你想来个鱼死网破，到时候我们倒成了他们餐桌上的鱼。”林乃界停了停，看了诸葛妮一眼说，“我已经想明白，这事就算了。到此为止。”

林乃界把话说完，所有人都没再说话。包厢好像空了。过了一段时间，诸葛妮刚想开口说话，林乃界的手机突然尖叫起来，他拿出来一看，是金亮打来的，一接通，金亮就在电话那头带着哭腔说：“林老板，你快救救我，胡可去带领税务所的人把我工厂封了。”

林乃界看了一下时间，已是晚上 9 点 10 分，他说：“什么时候的事?”

“就在刚才。”金亮说。

“刚才?”林乃界问。

“是的。我们白天怕检查，都是在晚上偷偷开工，没想到还是被他们瞄上了。林老板，胡可去这次来是有针对性的，一般像我这样的‘三无工厂’，要查也是工商，他肯定是有意的。”换了一口气，金亮又说，“求林老板救救我，我还欠林老板十三万呢，工厂被封，叫我拿什么还?”

林乃界听得出来，金亮打电话向他求救，也有威胁的意思，如果他不出手相助，那十三万元也可能泡汤。不过，林乃界没有生气，他只是对金亮说：“我也想帮你，可我没这个能力啊。”

“我知道林老板认识的人多，一定能帮我，我也只有林老板一个人可以找了。”金亮说。

林乃界想一口把金亮回绝了，他真的没办法。可他又想起金亮替他挨的那一刀，心一软，改口说：“既然这样，你也别太焦急，我们一起想一想。”

“我就知道林老板不会见死不救的，我知道林老板有办法的。”金亮在电话那头拼命说。

林乃界仿佛看见金亮在电话那头不停哈腰的模样。放下电话后，林乃界看了看大家，摇了摇头，叹了一口气。

“我倒想到了一个办法。”陈上水这时突然开口。

“陈坏水你想到什么坏点子了？”苏海啸说。

陈上水没理苏海啸，他看了林乃界一眼。林乃界正低头喝一口酒。他就转过身子，在诸葛妮耳朵边说了几句，问她说：“你觉得行不行？”

“只要能出这口气，你怎么说我就怎么做。”诸葛妮说。

“你们商量什么？说出来让我听听。”苏海啸急忙把头和身子伸过来。

“这事暂时对你保密。”陈上水坐正身子说。

“你这个陈坏水，居然对我打埋伏？”苏海啸生气地说。

“你话太多，担心你泄露出去。”陈上水说。

“切，我知道你这个陈坏水也想不出什么好点子，我也不稀罕听。”苏海啸不屑地说。

“这样最好。”陈上水宽容地笑笑，转头对林乃界说，“你和金亮的事就交给我，你到时去拿钱就行。”

林乃界将信将疑地看着他，又转头看了看诸葛妮。他们一副很有把握的样子。

陈上水见他这样笑了笑，说：“这样吧！你如果过意不去，也给你一个补偿机会，货款拿回来后，就放在我公司里拿利息。”

林乃界还是没动。

“接下来的事情交给我和陈上水就行了。”诸葛妮见林乃界还是没表示，坚持说，“你什么也不用管。”

“还是算了吧。”林乃界说。

“这事你就不要管了，我一定要整一整那个狐狸精。”诸葛妮也不管林乃界的意见了，口气坚决地对陈上水下命令，“这事就这么定了。”

8

三天后的中午，陈上水跑到林乃界家，把一盘光碟交给他。他拿着外表光秃秃的光盘，问陈上水说：“这是什么？”

陈上水神秘地说：“你看看就知道了。”

林乃界打开电脑，把光盘放进去，很快，电脑屏幕里出现了一个特殊画面：一个男人，赤条条地躺在一张床上，一个同样赤条条的女孩给他做按摩。过了一会儿，那个男人猛虎一样爬到那个女孩身上。

林乃界第一眼就认出来，那个男人是胡可去。他一言不发地把这段视频看完。看完后，他才转头看陈上水。

“这个胡可去还是挺厉害的。”陈上水说。笑容微妙。

林乃界知道陈上水指的是什么，这句话戳到他的痛处了，一时说不出话来。陈上水马上就意识到说错话了，改口说：“看他做那事的样子，跟畜生有什么区别。”

林乃界摇了摇头，想了想，对陈上水说：“这到底是怎么回事？”

“这是我设的一个局。”陈上水笑了笑，身子朝林乃界靠了靠，说，“那天晚上喝酒分手后，我第二天早上就给税务局的朋友通了一个电话，税务局朋友也是我担保公司的股东，我交代的事他基本都能办好，我叫他约胡可去一起喝酒，朋友问我约胡可去有什么事，我说没事，就是喝个酒。我放下电话不久，朋友就回电了，说已经跟胡可去约好，我就把预订好的酒店包厢发给他。那天晚上，胡可去和我的朋友准时来喝酒，我跟胡可去只喝过一次酒，他没认出我，我什么闲话也不说，放下身段，一口一个胡所长，不停地向他敬酒。当他喝到六七分醉意时，我把他们两个带到诸葛妮的魔境按摩店。诸葛妮早有准备，让人带胡可去去包厢，随即派一个次日就要离开的按摩女进去服务。诸葛妮事先在包厢装了摄像头，把胡可去的所作所为全部拍摄下来。我把他们送走后，诸葛妮就把拍摄下来的视频交给我，今早，我找人做成了光盘，喏，就是你刚才看到的。”

说到这里，陈上水故意停下来，看着林乃界，说：“我的事做完了，接下该你登场。”

“你要我做什么？”林乃界问。

“你找胡可去啊，他看了这段视频后，你无论提什么要求他都不敢不答应。”陈上水得意地说。

林乃界看了看陈上水，又回头看了看电脑里的视频，有一瞬间，一股快意油然而生，他在心里想：“这一次终于铁证如山了，狗生的胡可去，看你能往哪里逃？”

但是，他很快又怀疑起来，胡可去是什么人？他是政府工作人员，是国家的人，不会简单地就被一段视频吓住的，弄不好，看了这段视频后，打电话把警察叫来，说他敲诈勒索，反而把他抓进去。这么想后，他又看了看陈上水说：“我看这事就算了。”

“你这人怎么回事？”陈上水说，“我和诸葛妮辛辛苦苦为了什么？为了你这事，我这次算是彻底得罪了胡可去，而你却随随便便说了一句‘算了’，好吧，既然你这么说，算我操错了这份心，以后你的事情我也不管了，我把这个光盘交给诸葛妮，让她去处理，反正所有的费用都是她出的。”

“我不是这个意思。”见陈上水这么说，林乃界也觉得对不起，他看了看陈上水说，“你让我再想想。”

“还有什么好想的？我知道你怕伤了尊严，可这都什么时候了，你还端着身段，酸不酸啊。”

林乃界承认陈上水说中要害了，但陈上水说要把光盘交给诸葛妮处理更让他担心，他知道诸葛妮的脾气，她心里对赵来来有气，一定会拿着光盘去找赵来来，她一找赵来来，事情就闹大了，必定把魔境按摩店不正当经营也抖出来，不但货款没讨回来，可能还有牢狱之灾。所以，他对陈上水说：“还是让我来吧。”

“这就对了。”陈上水说。接着，他又补充一句，“还有一点你要记住，胡可去肯定会向你要原始视频，你就告诉他，只要他把货款给你，并且保证不再去查金亮的工厂，你马上就会把原始视频快递给他。”

“我知道了。”林乃界说，“这件事真不知道该怎么感谢你。”

“你说什么话，我们是兄弟嘛。”

林乃界要留陈上水吃中饭，陈上水说他去年投资了一个楼盘，这两天碰到一点小麻烦，要赶过去看看，中饭就不在这里吃了，等讨回货款后，再请他去东海渔村喝酒，林乃界说那是必需的。

陈上水走后，林乃界又把光盘看了一遍，看了一半，觉得看不下去，拿出光盘，用一个纸袋包起来，放进口袋。然后，去厨房下了一碗面。吃完后，已是下午 1 点多。他有午睡习惯，漱口后，上床眯了一下，醒来时已两点半。他起床后，洗了一把脸，出门前，再检查一遍钱包里的欠条和口袋里的光盘。

到达税务所，是 3 点 15 分，林乃界把车泊好，抬头看见二楼胡可去的办公室开着门。他又在车里坐了十五分钟，脑子里问题翻滚，考虑怎么面对胡可去？考虑怎么跟胡可去开口？怎么把光盘给他看？如果他报警怎么办？他如果有其他意想不到的举动怎么办？林乃界想象不出来。总之，他心里没底，从中午到现在一直在犹豫，一直在去和不去之间徘徊。但背后似乎又有一股力量在推着他，一个声音不停地对他说："林乃界，你难道真的不是一个男人了吗？你不是一直仇恨胡可去吗？难道就不能像个男人一样跟他战斗一次？就当是最后一次也行。"

林乃界终于还是走下车，他又检查一下钱包里的欠条和口袋里的光盘，缓慢地朝胡可去的办公室走去。

到了胡可去的办公室，胡可去正趴在电脑前，脸上有各种色彩闪过，电脑里发出打斗的声音。胡可去沉浸在电脑里，并没注意到有人进他的办公室。林乃界走到差不多是他上次站过的位置，犹豫了一下，叫了一声："胡所长。"

胡可去把头抬起来，看了林乃界一眼，脸上的表情诧异了一下，随即一变，满脸怒气，高声喝道："你又来干什么？"

"这次让你看一个东西。"林乃界说。

"不要给我看欠条，你们的事跟我无关。"胡可去不耐烦地对林乃界挥挥手。

"这次不是欠条，是这个东西。"说着，林乃界从口袋里摸出光盘，双手递给胡可去。

"警告你，不要在我这里搞什么花招，派出所就在隔壁，我一个电话，他们就飞过来。"胡可去看着林乃界，威胁说。

"我知道胡所长已经饶我一次，这次不敢。"林乃界说。他这时倒有点迫不及待了，很想看看胡可去看了光盘后的表现。

胡可去迟疑地看了林乃界一眼，伸手接过光盘，先关了原来的屏幕，把光盘放进电脑。

胡可去在弄电脑，林乃界就在他办公桌前面的椅子上坐下来。很快，他就发现，胡可去的脸色一变，巨大的汗珠从他的头发里钻出来，滑过他那又胖又黑的脸颊。电脑里发出的声音让他颤抖了一下，他立即伸手把声音调小。调小声音后，他突然站起来，林乃界不知道他要干什么，坐着没动，见他从座位站起来，快步走到门口，把门关上，反锁起来，又快步回到座位上，眼睛一眨不眨地瞪着电脑屏幕。林乃界不知道胡可去现在的心情，他能看见的只是胡可去的脸色，他的脸色越来越严峻。林乃界坐在他对面，中间隔着一张办公桌，一直盯着他的眼睛，他瞳孔里不断闪过一些模糊的影像。他的脸色越来越吓人，原本圆滚多肉的两个腮帮，这时变成了方块，嘴唇紧抿着，鼻孔张大，眉毛上升，目露凶光，大口大口地喘气。林乃界知道，这是暴风雨的前奏，天上乌云滚滚，地下万物噤声。他要发脾气了，要爆发了，他的双手原来交叉放在胸前，现在一手叉在腰上，一手放在桌面上，紧握着拳，微微地颤抖。突然，他站了起来，一句话没说，紧握拳头，朝林乃界扑来。林乃界虽有心理准备，还是吓了一跳，急忙从椅子里跳起来，两手伸直，十指叉开，身体往后连退两步，嘴里说："你要干什么？"

让林乃界万万没有想到的是，胡可去冲到他面前，抓着他双手，"扑通"一声，双膝着地，看着他说："大哥，救救我。"

林乃界没见过这阵势，惊得连忙说："胡所长，你这是干什么？"

"如果我以前有做得不对的地方，请大哥包涵。"胡可去说。

"别这样，有什么话起来说。"胡可去这么一跪，大大出乎林乃界的意料，他心里没有一丝快感，也没有一点大仇得报的快乐。相反，却有一种失落，一个以前想起来就让他心里发怵的人突然跪在面前，让他慌乱。

"有什么条件你只管提，我一定满足你，只求大哥救我一命。"胡可去说。

林乃界又拉了一次胡可去，他还是不起来，只好说："我只有两点要求：1. 还我货款；2. 放过金亮。”

“没问题，我马上就办。”胡可去一口应了。

“你现在可以起来了吧？”林乃界问。

“还不行，大哥还要答应我一个请求。”胡可去说。

“你说。”林乃界说。

“我知道你一定还有原始视频，请你把原始视频也给我。”胡可去说。

林乃界觉得陈上水真是料事如神，他说：“放心，只要你相信我，把事情办妥，我马上把原始视频快递给你。”

“我当然相信大哥。”胡可去说，“我现在就让赵来来把钱转给你。”

“你现在总可以站起来了吧。”林乃界说完，用力把胡可去拉起来。

胡可去站起来后，用力推着林乃界，让他坐在自己的座位里，他坐在林乃界刚才坐的椅子里。然后，让林乃界把银行账号报给他，他给赵来来打电话，叫赵来来马上去银行，把那笔货款汇给林乃界。赵来来在电话里问他怎么回事，他呵斥说，叫你汇你就汇，问那么多干什么。五分钟后，林乃界的手机叫了一声，他掏出来看了一下，是银行发来信息，有一笔512000元的款已汇入他的账号。林乃界对胡可去说：“钱收到了。”

“金亮的工厂我以后不会查，你叫他放心好了。”胡可去说。

“我替金亮谢谢你。”林乃界说。

“大哥怎么对我说这种客气话，以后无论什么事，你只管跟我说，我一定办妥。”

“谢谢，我这就回去，把原始视频快递给你。”林乃界边说边往办公室外边走。

“要不我跟大哥一起去拿。”胡可去说。

“说实话，原始视频也不在我手里，但我保证马上快递给你。”林乃界知道他不相信自己。这也正常。

“我相信，完全相信。”胡可去哈着腰说。

林乃界走到门口，胡可去快走一步，替他开了门。林乃界快步走到楼下，钻进汽车，马上发动起来，逃一样离开税务所。半路上，他给陈上水打了一个电话：“办妥了，你把原始视频快递给胡可去。”

“好的。”陈上水在电话那头笑了一下，说，“你这次找回尊严了吧。”

林乃界没有回陈上水的话就挂了手机，他没觉得找回了尊严，恰恰相反，他对胡可去下午的表现很失望，完全不是他心目中应该有的样子。

9

林乃界到家后，给诸葛妮打了一个电话，说了下午的事，诸葛妮听到赵来来被胡可去训斥一事，快活地笑起来说：“哼，这个狐狸精终于人财两失，看她还敢不敢再勾引人？”

林乃界知道她话里的意思，只当没听到，说：“过两天请陈上水喝酒，这事多亏了他。”

“陈上水当然要感谢的。”她接着又说，“你难道就不该谢谢我吗？”

“我知道你也出了很大的力。”林乃界说。

“知道就好，你想怎么感谢我？”诸葛妮挑逗地说。

“你说怎么感谢我就怎么感谢咯。”林乃界说。

“这话可是你说的，要记住。”诸葛妮说。

“我记在心里了。”林乃界知道诸葛妮对他好，但诸葛妮应该有更好的人生。林乃界的老婆跟他离婚后，诸葛妮对他说，林乃界，你这下总可以跟我结婚了吧？但林乃界还是没跟她结婚，怎么结呀？一碰到诸葛妮他就性无能，让他怎么面对？以后怎么跟她生活？他一直劝诸葛妮找一个好男人嫁了，诸葛妮偏偏不听，她对林乃界说，除非你再找一个女人结婚，否则的话，我就跟你耗到死。林乃界也想过再找一个女人结婚，这样一来，诸葛妮也就死了这条心了。可是，他又不忍心这么做，他知道诸葛妮是真的喜欢他，真想跟他在一起，他如果再次跟别人结婚，诸葛妮一定会伤心。最主要的是她未必就会结婚，她的性格林乃界是知道的。

傍晚，林乃界接到金亮的电话："林老板，你太厉害了。"

"怎么了?"林乃界知道金亮指的是什么。

"刚才胡可去副所长亲自来我的工厂，说不处罚我了。"金亮说。

"那真是太阳从西边出来了。"林乃界笑着说。

"我知道是林老板救了我一命，真不知该怎么感谢你。"金亮说。

"你不用感谢我，我是帮我那十三万元。"林乃界说。

"林老板放心，我一定会尽快还你的。"金亮说。

"那就好。"说完后，林乃界本想挂电话，突然又说了一句，"金亮，你以后不用总是哈着腰。"

"嗯?"金亮似乎没听明白，说，"林老板你说什么?"

"哦，没什么，税务这一关过了，更要注意工商那一边!"说完，林乃界就把电话挂了。

放下电话后，林乃界愣了半天，他也想不明白，为什么会叫金亮以后"不用总是哈着腰"，他的本性，当然是不会屈从于任何势力，可是，他办工厂这三十来年，不是一直在哈腰求人吗？有时，他为了被陈上水他们嘲讽的"尊严"，犯了倔脾气，可冲动的后果是什么？最后还不是要向对方赔礼道歉，还要通过朋友的关系，请对方喝酒。陈上水总是说他“幼稚”，有时想想他也承认。可是，他心里总是不甘，自己一个老老实实的企业主，一心钻研技术，该缴纳的费用一笔没缺，为什么不能站直了做人和做事呢？弄到最后，还是关门了事。他一直哈着腰做人做事，有什么资格叫金亮站直了呢？现在这样的世道，金亮能站直吗？

林乃界的晚饭在家里吃，菜是早上从菜场带回来的。他昨天晚上没喝酒，今早 6 点钟醒来，洗漱之后，喝一杯牛奶，吃三个鸡蛋，7 点出门，去苏海啸的健身馆锻炼。9 点从健身馆出来，经过菜场，看到子梅鱼和赤虾很新鲜，就买一些回来放在冰箱。晚餐烧了四个菜：一个油冬菜、一个芹菜炒牛肉，另外两个就是子梅鱼和赤虾。他开了一瓶西域干红葡萄酒，一个人自斟自饮。喝完后，他立即整理厨房。然后刷牙、洗澡。一切弄妥当后，差不多 8 点半。上床后，打开电视，没看两分钟就睡着了。

诸葛妮夜里 12 点到他家。他配了一把钥匙给诸葛妮，她想什么时候来就什么时候来。诸葛妮一般都是夜里 12 点钟以后来，按摩店主要是夜里营业，12 点正是高潮。

诸葛妮带来四个下酒菜：一个鸭掌、一个海丝、一个牛肉、一个盐水花生，都是林乃界喜欢的下酒小菜。她把林乃界从床里拉起来，两个人又喝了一瓶西域干红葡萄酒。喝完之后，林乃界刷牙后重新上床，诸葛妮去卫生间冲澡。冲澡后，躺在林乃界身边，过了一会儿，问林乃界说：“睡着了吗？”

“没。”林乃界说。

“你在想什么？”诸葛妮问。

“什么也没想。”林乃界说。

“怎么会什么也没想？”诸葛妮说。

“那你说我应该在想什么?”林乃界问。

“你看过胡可去那个视频吧?”诸葛妮的手爬到他的身上来，林乃界躺着没动，但他能感觉到诸葛妮的身体。

“我看过。”林乃界说。

“你有什么感觉?”诸葛妮问。

“我没有感觉。”林乃界说。

但是，他这时发现身体有感觉了，诸葛妮已经把他的衣服脱光，在诸葛妮的抚摩下，他产生了一种欲望，热热的，硬硬的。他喘气粗了起来，清晰地听见心脏跳动的声音，有种幸福就要来临的感觉。但他没有着急，在等待最佳时机。诸葛妮似乎也感觉到他的变化，手上的动作更加温柔，轻声地呼叫着林乃界的名字。慢慢地，林乃界觉得身体燃烧起来了，他猛地翻过身子，雄壮地骑在诸葛妮身上。就在这个关键时刻，他悲伤地发现又不行了。他把头一歪，栽倒在床上。诸葛妮不甘心，手又爬过来，他把被子一卷，转过身去。听见诸葛妮在他身后叹了一口气，他在心里叹了一口气。

又过了两天，下午，陈上水打电话给林乃界，问他在哪里，林乃界说在家里。陈上水说我现在就去你家。

半个钟头后，陈上水来到林乃界家，两个人刚在沙发坐下来，林乃界说:“正想约你晚上一起去东海渔村喝酒呢。”

“喝酒的事再说，先办我们上次说过的事。”陈上水说。

“什么事?”林乃界一时没想起来。

“就是你把钱存在我担保公司的事啊，”陈上水不满地看了林乃界一眼，说，“你不是答应我帮你讨回货款后，把余钱存在我公司吗?”

“我真的答应过?”林乃界说。

“你这人真是的，你不是一直标榜自己讲信用吗?”陈上水皱了皱眉头，说，“不会对朋友说话不算数吧？”

“我确实没想起来。”林乃界说。

陈上水声音突然一转，说：“你要知道，我这是在帮你，两分的月息，去哪里赚这么高的利润？”

“你让我再想想。”林乃界说。

“还想什么？”陈上水说。

“正因为利息太高，我觉得这事有风险。”林乃界实话实说。

“我们三十多年的朋友白做了？你难道还不相信我吗？”陈上水说。

“不是不相信你。”林乃界看了陈上水一眼说，“我是不相信自己。”

“那你更应该相信我，这个世界上，除了我，你还能相信谁？你出了事情，哪一次不是我出面帮你？”陈上水说。

陈上水说得没错。林乃界出了事，确实都是他出面斡旋，每次请客喝酒，都是他冲锋陷阵。他这么一说，林乃界就不好再说什么了：“我手头没多少钱。”

“有多少？”陈上水问。

“大概有两百万。”林乃界说。

“两百万就两百万，虽然少了点，但你每月可以拿到 4 万利息，比你办眼镜配件厂好多了。”说完后，陈上水站起来，把公司的账号写给林乃界说，“我还有事，先走了，你等会儿去银行把钱转过去。”

陈上水走到门口时，林乃界才又想起说：“晚上喝酒怎么样？”

“喝酒的事过两天再说。”他一边往外走，一边对林乃界说，“你马上把钱转过去，早一天就多一天利息。”

半个钟头后，林乃界接到陈上水的电话：“钱转了吗？”

“还没。”林乃界说。

“快点啊。”陈上水催促说。

“好的，我马上就去银行。”

“转过来后，给我打个电话，我叫财务开张证明给你。”陈上水说。

挂了电话，林乃界去楼下的银行把钱转给陈上水的公司。银行出来，他给陈上水打了一个电话，陈上水说：“好的，我马上叫财务查一下，有什么问题，我再跟你联系。”

林乃界挂断手机时，看了一下时间，是下午4点。

那天下午，林乃界没有接到陈上水的电话。第二天也没有。到第三天下午，林乃界打他的手机，已经关机。再打，还是关机。再打，依然关机。他给苏海啸打手机，对方正在通话。再打还是通话。这时，诸葛妮电话打来了，问他这两天有没有见到陈上水，林乃界就把前天的事跟她说了。诸葛妮说糟了，陈上水也到她那里拿了一百万，今天好多人向她打听陈上水的去向，电话没有人接，手机关机，有人怀疑他跑路了。林乃界说不会吧，这么多年的朋友，即使要跑路，也要说一声。诸葛妮说但愿如此。跟诸葛妮通完电话后，林乃界再给苏海啸打手机，通了，没接，他想，苏海啸难道也跑路了？正这么想，苏海啸打过来了，他开口就说：“林乃界，狗生的陈坏水拿了我五十万跑路了。”

林乃界问他说：“你怎么知道?”

“有人查了航班，他从上海转机去了荷兰。”苏海啸说。

“会不会是去荷兰办事？他不是有亲戚在那边吗?”林乃界说。

“你怎么还这么善良，我了解过，陈坏水经济出了大问题，他用担保公司的钱去投资一个楼盘，那个楼盘的手续被房管局卡住，他做不通工作，担保公司的窟窿又填不起来，干脆跑路了。”苏海啸说。

“他至少应该跟我们说一声。”林乃界说。

“我早就看出他是个坏水，这狗生的如果再让我碰见，我会将他的脖子扭断。”苏海啸狠狠地说。

“我们是朋友啊。”林乃界说。

“没有朋友了。”苏海啸停了一会儿说，“其实我早知道他的经济问题，一直想把钱拿回来，可是，朋友一场，不能火上浇油，就当这五十万送给他吧！”

林乃界没有告诉苏海啸自己的事，挂断电话后，诸葛妮又打来电话，说：“陈上水真的跑路了。”

“我知道了。”林乃界平静地说。

可能是林乃界的声音太平静了，诸葛妮问他说：“你没事吧？”

“我没事。”林乃界说。

“想开一点儿，我一会儿就去你家。”诸葛妮说。

“你只管自己忙，”林乃界说，“我真没事。”

“我一会儿就到。”诸葛妮说。

放下电话后，林乃界看了一下时间，已经下午 6 点。他进了厨房，先把电饭锅开起来煮饭，然后把冰箱里早上买来的菜一个个拿出来烧。当他把饭菜都烧好，诸葛妮刚好到他家。他们开了一瓶西域干红葡萄酒。两个人再没提陈上水的事。

吃完后，两个人一起洗碗。洗完后，一起坐在客厅的沙发上看电视。看到 10 点钟，林乃界先进卧室，去卫生间冲了澡，躺在床上。接着，诸葛妮也进来，也去卫生间冲了澡。两人躺在床上也没说话。

大约过了十分钟，林乃界说了一句：“我现在什么也没有了。”

诸葛妮把身体转过来，对他说：“不是还有我吗？”

林乃界对她笑了一下，诸葛妮顺势钻进他怀里，摸他，亲他。刚开始，林乃界一动不动。不知不觉中，翻身骑到诸葛妮身上，诸葛妮突然要断气一样尖叫起来：“哦天哪！哦天哪！林乃界，你行了，你行了。”

林乃界没有回话，紧紧地抱着诸葛妮，身体一下接一下地犁向她。

我对这个世界有话要说

想来真是悲观，触动我写小说的动机，往往是社会上的阴暗面，或者，换一句话说，社会上发生的不良事件更容易引发我的思考和表达的欲望。我写的《金属心》《责任人》《跑路》《住酒店的人》《施耐德的一日三餐》等小说，几乎都是在这种情况下完成的。譬如我写中篇小说《信河街》时，我所在的城市正面临一场民间借贷危机——有人通过民间借贷的手段，敛聚了大量资金，然后携款潜逃。这可能是一场资金的危机，也是一场信用危机，更是人如何践行契约的危机。我们都面临着这个危机的考验。从这个角度看，我们正生活在一个充满猜疑和不信任的环境里，因为当下的社会，经济被提升到一个绝对高度，物被无限放大，信仰和坚守被忽略，甚至变成一桩可笑的事情。这个世界似乎倒调过来了。

以前不是这样的。我所生活的城市，据说在南宋时期就出现了民间借贷，主要有两种表现形式：一种是一对一的借贷，譬如你借我一万元，约定借款期限是半年，这半年里，我每月还你利息，半年一到，我把本金一次还清；还有一种是组织互助会，一般是十个人，由一个会首牵头，可以是一个月收取一次会钱，也可以是三个月或者半年，十个会员轮流收取会钱，越到后面的人，出的会资按一定比例减少。互助会是亲戚和朋友之间比较普遍的借贷形式，有互相帮忙的意思。我问过父亲及父亲的上辈人，他们或多或少都参与过这种民间借贷，在他们的记忆里，从来没有人在这种经济活动中违反规则，他们说：都是亲戚朋友，如果在这种事情上动歪念头，以后怎么做人啊！

说得太好了。做一个“人”，是父辈们最基本最朴素的信念，但是，我们是从什么时候开始，把这个信念丢掉了呢？

在我的记忆里，最早出问题应该是上世纪 80 年代中期，具体时间应该在 1985 年到 1986 年之间，我所在的城市出现了大规模抬会现象，很多会首卷走会钱逃匿。第二次是上世纪 90 年代，发生了“白银背”事件——很多人卷走白银出逃。第三次就是现在，出现了大量的民间借贷，而且基本是高利贷。这段时间以来，我不时听到社会上传来某某人逃跑的消息……

现在问题出来了：作为一个写作者，面对这个时代，面对这样的问题，你怎么想？又如何在纸上发出声音？

是的，首先是发出声音。我觉得，写作作为一种古老的表达方式，一个从事写作的人，有责任对当下的社会发出属于他的声音。这种声音可以是尖厉的，也可以是混沌的；可以是阴冷的，也可以是温暖的；可以是快速的，也可以是缓慢的；可以是嘹亮的，也可以是低沉的。唯一的要求是声音的独特性。其次是如何发出声音，即声音的表达方式，除了必须遵循基本艺术规律，每个写作者都要有自己的表达方式，借用传统手艺人的说法就是要有“绝活”，只有这样，才能发出庞杂而丰厚的声音。当然还不够，还有一个更大的问题是，既要对这个世界有一个主观的认识，却又不能对世界有一个预判，不能对人和事带有先入为主的偏见。我觉得，只有对所处的时代进行不带偏见的观察后，发出的声音才有说服力。我目前的写作就碰到这个问题，到目前为止，我描写的是一个商人群体，他们已经或者正在成为这个时代所谓的成功者，当他们遇到并卷进各种各样问题时，他们会有什么样的反应和表现？我们首先看到的是商人的唯利是图，为富不仁，任何付出都讲究回报。这是事实。这种事实也造成了公众对当下商人群体的预判——所谓商人，就是一群暴发户，他们没有责任感，没有担当，内心一片荒芜。

这种预判是现实的，也是历史的。可是，这种预判也是一种极端的偏见和遮蔽。把世界分成了非黑即白的两极。对人进行粗暴的归类，即官员是什么样的，商人是什么样的，文人是什么样的，医师是什么样的，农民是什么样的，工人是什么样的。于是，世界在这种预判之下便条理清晰起来，善恶分明，一切都在掌控之中。

可是，这种预判恰恰遗漏了一个最基本的问题，那就是忘记了，无论是什么样的人，无论从事何种职业，是何身份，他（她）首先是一个“人”。他（她）同时拥有简单和复杂，温暖和冷酷，善良和险恶，人性和魔性。

这些年来，我看到太多带有明显偏见的文学作品，有些作品已进入文学殿堂，成为经典，可对“人”的描写，特别是对商人群体的描写和塑造，带有明显的偏见。这是不公平的，更是失职的。

所以，我就在想，在这个问题上，我能不能做点什么？能不能发出一点声音？我能不能做到不带偏见地进入商人的内心世界，把他们当作一个“人”，描写他们的彷徨和挣扎、欢乐与忧愁、淡定与恐慌、勇敢与懦弱、责任与逃避、得与失、哭与笑，雕刻出他们真实的形象？

再以《信河街》为例，我为什么要写这篇小说？首先，那场民间借贷危机深深刺痛了我，我有许多朋友卷进这场旋涡。从某种角度说，他们也是这次危机的受害者。其次，这场危机表现出来人与人之间的不信任更是让我警惕，一个社会，如果连人与人之间最基本的信任都没有，秩序的运转能正常吗？如果人与人之间连正常的信任都已丢失，人还能称之为“人”吗？

从这个角度说，我宁愿相信，从上世纪 80 年代中期以来三次问题的出现，只是历史进程中的某一次颤动，是暂时性的失衡，人性也在这种失衡下表现出黑暗的一面。既然有黑暗的一面，必定有光明的一面，我坚信人性中美好的存在，希望尽量真实地描写笔下的社会和人物，发出哪怕是微弱的一点声音。

2013.06.16 于北京　鲁院

图书在版编目（CIP）数据

空心人／哲贵著. — 北京：北京十月文艺出版社，
2015.1

ISBN 978-7-5302-1426-8

Ⅰ. ①空… Ⅱ. ①哲… Ⅲ. ①长篇小说—中国—当代
Ⅳ. ①I247.5

中国版本图书馆 CIP 数据核字(2014)第 192940 号

空心人

KONG XIN REN

哲 贵 著

*

北京出版集团公司
北京十月文艺出版社 出版

（北京北三环中路 6 号）

邮政编码：100120

网 址：www.bph.com.cn

新经典发行有限公司发行

新华书店经销

三河市中晟雅豪印务有限公司印刷

*

880 毫米×1230 毫米 32 开本 6.125 印张 144 千字

2015 年 1 月第 1 版 2015 年 1 月第 1 次印刷

ISBN 978-7-5302-1426-8

定价：25.00 元

质量监督电话：010-58572393